Blitzeinschlag im TerriTorium

Die Autorin wurde durch ein Arbeitsstipendium des
Landes Nordrhein-Westfalen gefördert.

Umschlaggestaltung und Kapitelvignetten: Julia Herrmann
Innensatz: Lena Ellermann
Druck und Bindung: GGP Media GmbH, Pößneck

MIX
Papier aus verantwor-
tungsvollen Quellen
FSC® C014496

ISBN 978-3-95854-150-4
Auch als E-Book erhältlich

CHRISTINE WERNER

BLITZ
EINSCHLAG
~IM~
TERRI
TORIUM

MIXTVISION
Weiter. Erzählen.

Eins

Hallo, Leute, habt ihr schon mal von Liebesblitzen gehört? Nein? Echt nicht? Dann müsst ihr das jetzt unbedingt lesen. Denn um mich herum sind in den letzten Monaten überall welche eingeschlagen und ihr glaubt ja nicht, was die alles anrichten können. Wenn Liebesblitze in einen reinfahren, verändert das die ganze Persönlichkeit. Meine beste Freundin Nina war total neben der Spur. Sie hat ihr geliebtes Pferde-T-Shirt in den Müll gestopft, als wäre es verseucht. Und bei Mama haben die Synapsen im Gehirn so verrücktgespielt, dass sie ihren Lippenstift nicht in die Handtasche, sondern in die Mikrowelle gepackt hat. Der ist geschmolzen wie Eiscreme in der Sahara oder wie – ach, dazu später mehr. Also: Liebesblitze sind unberechenbar! Sie können jeden treffen, jederzeit …

»›Drama Queen‹? ›Chocolate Cakes‹? ›Sunday funday‹ oder doch ›Wilde Kirsche‹? ›Wilde Kirsche‹ ist nicht schlecht! Was meinst du, chérie?«

Mama sitzt im Bademantel auf dem Boden vor unserem Couchtisch. Sie hebt eine Farbe nach der anderen hoch, stellt sie einfach irgendwo wieder hin und bringt damit meine aufgereihten Nagellackflaschen total durcheinander.

»Champagner‹ könnte ich auch mal wieder nehmen. Der Ton passt so gut zu meinem neuen Kostüm!«

Ich sitze an der anderen Tischseite und lackiere meinen linken kleinen Finger grün. Gemeinsam die Nägel lackieren – das haben wir seit Millionen Jahren nicht mehr gemacht. Also, ich war acht oder vielleicht auch erst sieben? Jedenfalls hat Papa noch bei uns gewohnt.

Aber als mich Mama heute bei Papa abgeholt hat, hat sie ihren Arm unter meinen gehakt und lachend gesagt: »Heute Abend machen wir uns so einen richtig gemütlichen Frauenabend!« Wir haben wie immer bei Toni Karton-Pizza bestellt, uns die Bademäntel übergeworfen und wirklich alle Nagellackflaschen von dem Badezimmerregal …

»Wow!« Mama beugt sich über den Tisch und begutachtet meinen kleinen grünen Nagel. »Nicht schlecht. Mach die anderen Nägel pink!«

»Mamaaa, wackel doch nicht so am Tisch! Und außerdem: Ich mag immer noch kein Pink.«

Mama lacht, ihre Hand kreist über den Flakons und – ZACK – zieht sie »Wilde Kirsche« raus. Darauf hätte ich wetten können. Einfach nur Rot ist nicht bei Mama. Nicht wenn man Paulette heißt und seine Tochter mit dem Namen Theresa Emmanuelle Rosa in die Welt geschickt hat. Theresa Emmanuelle Rosa. Das bin ich. Inzwischen 13 und mit Nachnamen: Rohrbach-Ibrahim. Komplett also: Theresa Emmanuelle Rosa Rohrbach-Ibrahim. Unauffällig ist anders. Und deshalb kann ich auf Pink echt gut verzichten. Weil Theresa Emmanuelle Rosa aber auch so lang ist, dass dabei selbst Papa an den Rand einer lebensbedrohlichen Atemnot kommt, nennen mich alle einfach: TERRI.

»Ach, Mist. Verrutscht. Terri, kannst du mir bitte ein Kosmetiktuch rausziehen!«

»Geht nicht«, murmele ich, während ich mich auf den anderen kleinen Finger konzentriere. »Das Grün ist noch nicht trocken.«

»Warum dauert das so lange?« Mama guckt verwundert hoch.

»Ich lackiere extra dreimal. Für Padmé Amidala.«

»Für wen?«

»Für Padmé Amidala, friedliebende Senatorin von Naboo. Star Wars, Mama.«

»Aha, du willst wohl den Marsmännchen Konkurrenz machen!«

Marsmännchen und Star Wars … hab ich schon erwähnt, dass Paulette von manchen Sachen echt keine Ahnung hat!? Aber manchmal muss man nachsichtig sein, gerade mit Müttern.

Mama grinst mich an und – »Pssst« – legt geheimnisvoll ihren »Wilde Kirsche«-Zeigefinger auf ihre Lippen. »Ich hab es genau gehört. Sie sind gerade auf dem Dach gelandet.« Mama sieht mein Gesicht, prustet los, dass der Wohnzimmertisch nur so wackelt und mir das Grün verrutscht.

»Paulette!«, rufe ich laut, wie immer, wenn sie Quatsch macht. Und das kommt in letzter Zeit ganz schön oft vor. Sie lacht weiter, beugt sich über all die Flakons mit »Light it up«, »Stop, drop & shop«, »Fame fatal«, »Red my fortune cookie« und wie die Farben sonst noch heißen – und drückt mir einen Kuss auf die Wange. Ich wische mit dem Ärmel meines Bademantels drüber – und wir müssen lachen.

Zwei Stunden später bin ich im Bett. Meine frisch lackierten Fingernägel liegen auf der blauen Bettdecke wie kleine grüne Inseln in einem Ozean. Regen trommelt auf das schräge Dachfenster und ab und zu blitzt es sogar. Im Fernsehen haben sie gesagt: Sturmtief Susanna zieht über Deutschland. Susanna. Ob das Sommer-Sturmtief seinen Namen gut findet? Ich höre dem heulenden Wind zu, wackle unter der Bettdecke mit meinen Knien und lasse die kleinen grünen Inseln im Ozean hin und her schaukeln.

Ab und zu scheppert es. Das ist Paulette. Sie räumt in der Küche auf, zerkleinert die Pizza-Kartons und summt dabei leise vor sich hin. Sie ist ganz schön gut gelaunt. Trotz Sturmtief. Auch das ist extrem selten, denn eigentlich ist Paulette wetterfühlig. Wetterfühlig klingt gut, oder!? So verständnisvoll. So als ob sie das Innerste des Wetters verstehen würde. Ist aber Quatsch. Denn für Regenwetter hat sie überhaupt kein Verständnis, sie kriegt dann immer richtig schlechte Laune und schimpft: »Mon dieu! Das ist ja selbst einem französischen Wasserhund zu nass, bei dem Wetter gehen die Haare kaputt, die Stöckelschuhe sowieso, die Papiere lösen sich auf …« So Zeugs eben. Vielleicht lag es ja am Wetter, dass sie und Papa sich entliebt haben. Vielleicht hat es einfach zu oft gestürmt und gewittert. Heute dagegen – nicht ein schlechtes Wort über Susanna.

»Ah, das trifft sich gut, dass die Queen bei diesem Wetter im Schloss nächtigt und nicht auf ihrem Landsitz weilt.«

Mama kommt lachend in mein Zimmer. Ihr Spruch hängt mit meiner Fahne am Türrahmen zusammen. Seit der Trennung bin ich ein Pendelkind – eine Woche bei Mama, eine Woche bei Papa. Jeden Freitag wechsele ich und wo ich auch ankomme – ich stecke immer zuerst meine selbst gebastelte Fahne mit der grünen Krone an die Zimmertür: Mein TerriTorium! Wie bei der Queen. Wenn die in ihrem Schloss ist, weht auch ihre Fahne auf dem Dach.

»So! Zeit für unser Ritual.« Mama setzt sich aufs Bett und lächelt mich an. Mit diesem Lächeln, das sagt: »Ausreden gibt es nicht.« Sie will wissen, wie die Woche bei Papa und Sema war. Es beruhigt sie, wenn sie Bescheid weiß, ist so ein Mutterding.

Sema ist Papas Freundin, er hat sie nach der Trennung kennengelernt und wohnt schon länger mit ihr und ihrem Sohn Gregor zusammen. Paulette hat niemanden kennengelernt. Sie hat mich. Das kann allerdings manchmal etwas anstrengend sein. So wie jetzt, wo sie nach meinem Wochenbericht noch mal den Kopf zu Tür reinstreckt, während ich eigentlich gerade in Ruhe …

»Kann die Queen das nächste Mal vielleicht ihre Sachen im Bad aufräumen? Das Hauspersonal hat leider gekündigt.«

Also, wo ich gerade in Ruhe …

»Und Terri, hast du meine große Einkaufstasche gesehen? Die war doch zuletzt im Regal auf dem Flur …«

Ist klar, was ich meine, oder? Manchmal wäre es einfach gut, da wäre noch jemand anderes.

Zwei

Es ist ja normal, dass man seine Eltern nicht immer versteht. Das wäre auch echt zu viel verlangt. Aber in dieser Zeit habe ich überhaupt nicht mehr durchgeblickt. Ich dachte oft: Das hat jetzt aber nicht Paulette gesagt oder getan!? Es war, als wäre sie eine komplett andere Person. Bei Nina war es dann auf einmal genauso. Und an alldem waren die Liebesblitze schuld. Wenn es zu heftig wurde, habe ich mich auf meine Backrezepte konzentriert. Ich sage euch: Wenn sich um euch herum alles ändert, haltet euch an Backrezepte. Da weiß man, woran man ist.

Heute Nachmittag bin ich mit Nina verabredet und backe davor noch ein paar Muffins. Das entspannt mich immer sofort. Heute verziere ich sie mit Sternen. Grüne Sterne, wie auf meinem neuen Rock, und ein paar pinkfarbene für Nina.

»Mama, wie viele Muffins soll ich dir da lassen?«

Keine Antwort.

»Paulette! Es gibt Muffins!«

»Theresa, chérie. Das ist gerade ein ganz schlechter Zeitpunkt. Ich bin im Bad.«

Sie lackiert sich garantiert die Nägel mit ihrem neuen Nagellack. Wir waren vorhin in der Stadt shoppen. Ich habe den neuen Rock gekriegt, sie den Nagellack. Wobei ich mich viel schneller entscheiden konnte. Sie hat endlos lang die Farbpalette am Nagellackregal studiert, ihren Finger unter x Musternägel geschoben, ich wollte mir in der Bettenabteilung gerade ein Kissen für die Nacht holen, da hat sie dann endlich einen aus dem Regal genommen – einen schimmernden knallroten Lack. Farbe: »Rocking Love«. Der Verschluss der Flasche ist in Herzform!

»Die neue Farbe sieht gut aus«, ruft sie aus dem Bad.

»Rocking Love«!?

»Sie leuchtet schön.«

In Herzform!? So ein kitschiger Verschluss wäre ihr bisher nicht ins Bad gekommen. Kann mir jemand erklären, wie die Gehirne von Müttern funktionieren? Wer programmiert das von Paulette gerade um?

»Es gibt keinen schlechten Zeitpunkt für Muffins!«, rufe ich zurück und packe fast alle in eine Schachtel. »Ich lass dir zwei hier und gehe zu Nina.«

»Okay, bis später! Heute Abend kochen wir dann was Schönes.«

»Für mich eine ›Vier Jahreszeiten‹.«

»Oh, Terri, du bist gemein. Viel Spaß bei Nina.«

»Tschüss!« ZACK – bin ich zur Tür draußen. Sie meint es wirklich gut, aber Paulette und was Schönes kochen – das hat so viel miteinander zu tun wie Star Wars und Marsmännchen. Wir bestellen doch wieder Pizza bei Toni. Wetten!

In meinem neuen Rock spaziere ich zu Nina. Nina heißt wirklich einfach nur Nina. Mit Nachnamen Schmidt. Nina Schmidt. Punkt. Aus. Fertig. Keine drei Vornamen, kein Bindestrich-Nachname. Hey, das Leben kann so einfach sein! Mein deutsch-französisch-algerisches Kuddelmuddel muss ich dagegen immer erklären. Ich hole dann jedes Mal tief Luft und lege los: Mama stammt aus Südfrankreich, Emmanuelle heißt meine französische Oma, Rosa meine deutsche, das Rohrbach im Nachnamen kommt von Papa, Ibrahim von Mama, weil ihr Vater, also mein Opa, in Algerien geboren wurde. Kuddelmuddel würde Paulette das natürlich nie nennen. Sie ist stolz auf die verschiedenen Kulturen und so. Manchmal sagt sie:

»Theresa Emmanuelle Rosa, du kannst auf der ganzen Welt zu Hause sein!« Dabei reichen mir zwei Zuhause vollkommen.

Nur noch um die Kurve rum: 71, 73, 75 – 77! Ich drücke auf den Klingelknopf unter dem Namensschild: Nina, Anton, Sabine und Thomas Schmidt steht da in bunten Buchstaben. Neben den Namen sitzt Otto, der allerbeste Hund der Welt, mit seinem Wuschelschwanz. Ninas Name ist verschnörkelt und lila. Sie durfte sich die Farbe aussuchen. Sabine, ihre Mama, hat das Familienschild selbst getöpfert. Paulette macht sich manchmal lustig über die Schmidts. Sie sagt dann: »Die Schmidts sind eine richtige Bilderbuchfamilie.« Irgendwie finde ich den Spruch doof.

»Hallo, Terri. Komm rein.« Sabine macht auf, Otto kommt aus der Küche und springt an mir hoch. Ich wuschele durch sein weiches Fell.

»Oh, das duftet aber!«, ruft Sabine.

»Willst du einen?«

»Natürlich! Die sehen toll aus, Terri.«

Sie strahlt mich an und nimmt einen Muffin mit grünem Stern aus der Schachtel.

»Terri, komm hoch!«, ruft Nina von oben.

Ich renne die Treppe hoch in ihr Zimmer.

»Cool, zeig mal, dreh dich!« Nina bewundert meinen Rock. Ich stelle die Muffins-Schachtel auf ihren Schreibtisch, springe auf ihr Bett und drehe mich. Drehe mich vor all den Pferden. Braune, schwarze, gefleckte Pferde und Schimmel. Pferde in Ställen, auf Koppeln, am Strand und in Reithallen. Pferde im Galopp, im Sprung über Hindernisse, bei Dressurübungen und an der Longe. Ninas Zimmer ist volltapeziert mit Pferdebildern. Sie voltigiert. Turnen an Geräten hat zu wenig Glamour-Faktor, sagt sie. »Oh, Terri, die Sterne auf deinem neuen Rock sind total süß!«

Ich stoppe und Nina fährt mit ihren Fingern über die grünen Samtsterne. Ihre Nägel glitzern lila.

»Hey, seit wann hast du Glitzerlack auf den Nägeln?«

Sie bürstet den Samt jetzt in die falsche Richtung.

»Du magst Glitzerlack doch gar nicht«, sage ich.

»Doch.«

»Nee, magst du nicht.«

»Den hier fand ich schon immer gut!«

»Quatsch. Fandest du nicht!«

»Doch, wohl.«

»Nein.«

»Doch.«

»Nina! Bei Jule fandest du den immer total angeberisch und doof.«

»Na und! Jetzt mag ich ihn aber«, sagt Nina trotzig, spreizt ihre Finger und bewundert ihre Glitzernägel. Ich hüpfe wieder vor den Pferden auf ihrem Bett herum. Ich hätte schwören können, dass sie keinen Glitzerlack mag.

»Wie findest du Berki?«, fragt sie plötzlich.

»Ist der neu in eurem Stall?«

»Terri!«

»Was denn? Ich kenn mich bei deinen Pferden halt nicht so aus!«

»Berki ist kein Pferd! Er ist in der Parallelklasse!«

»Ohhh.« Berki? Während ich weiter hüpfe, sausen Jungs aus der Parallelklasse durch meinen Kopf. Berki? In welcher Parallelklasse ist der? Und seit wann interessiert sich Nina für irgendetwas anderes als für Pferde? Vor meinem inneren Auge sehe ich einen Jungen mit blonden Haaren auf einem Schimmel über eine Wiese reiten.

»Der Blonde?«, frage ich, obwohl ich null Ahnung hab, welcher es sein könnte und ob es in den anderen Klassen überhaupt einen blonden Jungen gibt.

»Welcher Blonde?«, fragt Nina dann auch sofort. »Es ist der mit den braunen strubbeligen Haaren. Und wenn er lacht, sieht man seine Zahnlücke zwischen den Schneidezähnen. Das sieht so süüüüßßßß aus, Terri!«

»Echt, eine Zahnlücke? Warum hat er keine Spange?«

»Oh, du bist so gemein!« ZACK, landet ein Kissen in meinem Gesicht. Ich lasse mich aufs Bett fallen.

»Und deswegen magst du jetzt Glitzerlack?«

Nina verdreht die Augen, wirft sich neben mich aufs Bett und bewundert wieder ihre lila glitzernden Nägel.

»Wenigstens heißt er nicht ›Rocking Love‹«, sage ich.

»Wer? Berki?« Nina guckt mich groß an.

»Dein Nagellack. Paulette hat heute einen knallroten gekauft, die Farbe heißt ›Rocking Love‹!«

»›Rocking Love‹!« Nina kichert so, dass ich auch kichern muss.

»Vielleicht leiht sie ihn dir ja mal. Für Berki.«

Wir kichern weiter und futtern Muffins. Nina isst alle mit den pinkfarbenen Sternen. Sie erinnern sie an Hollywood, sagt sie. Das hat so richtig Glamour-Faktor.

Nina will dann noch kurz im Stall vorbei. Ich gehe heute nicht mit, Paulette wollte ja was Schönes kochen … Als ich die Wohnungstür aufschließe, ruft sie

schon aus der Küche: »Für dich wie immer, oder!?«
Wette gewonnen! Sie hat den Bestell-Zettel von Toni
in der Hand.

»Ahh, wollten wir nicht …«

»Terri. Tut mir leid.«

Paulette zuckt mit den Schultern, als wäre es ihr
Schicksal. »Wir kochen demnächst garantiert was zusammen. Aber Oma Emmanuelle hat angerufen und
sie hat so viel erzählt und dann …«

Es kommt immer was dazwischen. Reine Vermei-
dungstaktik. Die unterstellt sie mir manchmal, wenn
ich mein Zimmer nicht aufräumen will oder die Vo-
kabeln noch nicht sitzen. Aber Mütter haben die min-
destens genauso gut drauf.

»Okay, ich nehme ›wie immer‹.«

Mama drückt mir einen Kuss auf die Wange und ruft
Toni an.

Kurz darauf sehe ich ihn vom Fenster aus mit seinem
Pizza-Blitz-Roller um die Ecke kurven. Ich drücke ihm
die Tür auf, er sprintet die Stufen hoch, zwei Pizza-
Kartons im Arm.

Als wir am großen Tisch sitzen, an den auch noch
Ninas ganze Familie passen würde, erzähle ich Paulette
von Ninas neuem Nagellack.

»Lila. Mit Glitzer.«

»Steht Nina bestimmt gut«, sagt Paulette.

»Aber Glitzerlack fand Nina bisher total bescheuert.«

»Ein bisschen Glitzer kann nicht schaden!«

Da ist er wieder. Der Moment, an dem ich denke, das hat jetzt nicht Paulette gesagt!?

Drei

Habt ihr schon mal darüber nachgedacht, wie euer Leben mit einem anderen Namen wäre? Oder wenn ihr in eine andere Familie hineingeboren wärt? Wenn ich Nina wäre und Nina ich. Hätte ich mich als Nina auch in Berki verliebt? Was wäre, wenn das Universum anders entschieden hätte? Sema meint ja, es mischt da mit. Oder hat das Universum da überhaupt nix zu melden und es ist alles Chemie, wie Papa immer sagt? Alles nur eine Formel wie: $a^2 + b^2 = c^2$? Also, ich finde ja: Das Leben ist so schon voller Fragen. Die wollen doch auch beantwortet werden.

Die Woche vergeht wie in Lichtgeschwindigkeit, schon ist wieder Freitag und Mama setzt mich gegen Abend bei Papa unten ab. Sie steigt kurz aus – »Tschüss, ma chérie!« – und drückt mir einen Kuss auf die Wange. Rubinrot. Während sie sich zum Auto dreht, wische ich unauffällig mit den Fingern drüber. Sie sieht es und grinst. »Viel Spaß mit Papa und Sema, wir telefonieren.«

»Ja, klar!« Ich nehme meine Fahne vom Rücksitz, werfe mir meinen Rucksack über und die Autotür zu. Mama zieht ihren Rock glatt und platziert ihre Stöckelschuhe unter dem Lenkrad.

»Ich hab dich lieb«, ruft sie noch durchs halb offene Fenster, kurbelt am Lenkrad, düst los.

Ich winke ihr kurz hinterher und sprinte die Treppe zu Papa hoch. Papa ist Chemiker. Er kennt sicher eine Formel für Ninas Zustand und er kann mir bestimmt auch erklären, was gerade in Paulettes Gehirn passiert. Denn Papa ist davon überzeugt, dass sich alles, vom Bauchkribbeln am ersten Ferientag über Heißhunger auf Schoko-Muffins bis hin zu Wetterfühligkeit und Geschmacksverirrungen bei Nagellack, dass sich also das ganze Leben mit chemischen Reaktionen und Formeln erklären lässt.

Kaum stehe ich im Flur, schleichen zwei blaue Katzenköpfe mit neongelben Augen auf mich zu. »Grrrchh«, fauche ich sie an. Die Katzenköpfe stocken, wippen kurz, tapsen zwei Schritte weiter Richtung Küche.

»Theresa, willkommen«, ruft es etwa 1,60 Meter weiter oben. »Hallo, Sema! Schick, die neuen Haustiere an deinen Füßen.«

»Ja, ich mag sie auch. Und sie vertragen sich mit den anderen im Schrank.« Sema lacht mich an. Sie liebt bunte Tiersocken. Einen ganzen Zoo hat sie in der Schublade in ihrem Schrank: Socken mit Pferden, Katzen, Giraffen, Tigern, Pinguinen – alle ordentlich nebeneinander, ohne Gitter dazwischen. Das sind alles kleine Persönlichkeiten, sagt Sema immer. Und sie müssen sich miteinander vertragen, damit im Schrank keine schlechte Stimmung herrscht. Gegen schlechte Stimmung hat Sema was. So oder so. Und sie hat Mittel dagegen. Räucherstäbchen für die Luft, ein magisches Auge gegen den bösen Blick und an jedem Fenster Kristalle, damit gute Energie durch die Wohnung fließt. Wenn es trotzdem mal hakt, nimmt Sema Kontakt zum Universum auf. Da hat sie einen besonderen Draht hin, sagt sie. Jetzt steht sie gerade in der Küche und schnippelt Gemüse.

»Dirk kommt etwas später. Er hängt mal wieder in einer Formel fest.«

Papa und seine Formeln. Manchmal glaube ich, er mag Formeln lieber als Menschen. Wenn es nach ihm gegangen wäre, würde ich wahrscheinlich auch wie ein chemisches Element heißen: Chrom, Zink oder Bor. Bor Ibrahim … wie wäre ich als Bor Ibrahim? Bor

Ibrahim klingt total nach Forscherin! Ich würde neue Gebiete entdecken, mich mit einer Machete durch dichten Urwald kämpfen und die gefährlichsten Tiere der Welt in die Flucht schlagen. Ich wäre eine große Entdeckerin und vielleicht wirklich gern in der ganzen Welt zu Hause! Haben Entdeckerinnen eigentlich eine Familie? Vielleicht sollte ich morgen beim Amt eine Namensänderung beantragen und ein ganz anderes Leben führen.

»Komm, hilf mir mal!« Sema drückt mir ein Schälmesser und eine Karotte in die Hand. Kennt jemand eine berühmte Entdeckerin, die Karotten schälen muss? Wann macht das Bürgeramt auf?

»Wie war es mit Nina im Stall?«, fragt sie.

»Wir waren heute nicht im Stall«, sage ich und schäle die Karotte, »Nina hat gerade ein neues Hobby.«

»Ach, was macht sie?« Sema guckt mich gespannt an.

»Berki beeindrucken.«

»Oh, das klingt nach einem aufregenden Hobby«, lacht Sema.

Ich schäle die Karotte weiter. Streifen für Streifen.

»Nina hat auf einmal Glitzerlack auf den Fingernägeln!«

»Na, das macht auf jeden Fall Eindruck.«

»Und wie ist Berki so?«, fragt sie noch.

»Keine Ahnung«, sage ich und lege ihr die geschälte Karotte hin.

»Ah, die Queen ist da!« Papa steht im Flur, stellt seine Tasche ab, drückt mich kurz und fest an sich. In seiner linken Hemdtasche, da, wo das Herz sitzt, spüre ich den Laborschlüssel. Wenn er ihn nicht bei sich hat, wird er nervös. Sonst bringt ihn aber nichts so schnell aus der Ruhe. Auch der Wochenwechsel läuft bei ihm ziemlich unspektakulär ab. Ganz ohne Ritual. Er setzt auf Reaktionsketten, die ihn erreichen. Jetzt entdeckt er den Rest Grün auf meinen Fingernägeln und zieht eine Augenbraue hoch.

»Trägt man das jetzt so?«

Ich grinse. Bei Frauensachen kommen seine Formeln an ihre Grenzen.

»Das ist ein Zeichen. Für Padmé Amidala, friedliebende Senatorin von Naboo.«

Papa zieht jetzt beide Augenbrauen hoch. »Das ist wohl eher was für die Kollegen von der Astrophysik.«

»Oh ja, die müssten sich dringend mal ums Universum kümmern«, ruft Sema aus der Küche. »Die Sternenkonstellationen bringen gerade einiges durcheinander.«

Ich muss an Nina und ihre glitzernden Fingernägel denken.

»Wie durcheinander?«, frage ich und gucke um den Türrahmen.

»Die Frau an der Kasse war ganz schlecht drauf, die hat mir das Wechselgeld nur so hingepfeffert. Aber dafür war unsere Nachbarin Frau Koglü sehr nett. Normalerweise ist es umgekehrt.« Sema schnippelt weiter das Gemüse.

»Und das liegt an den Sternen?«, frage ich.

»Sema, kommst du wieder mit diesem Zeug ... das ist doch Quatsch.«

»Nein, Schatz!«, lacht Sema. »Es gibt nicht für alles eine Formel.«

»Terri, glaub das bloß nicht.« Papa zwinkert mir zu und schlurft in Hausschuhen in sein Arbeitszimmer.

»Deine Freundin Nina wurde ja auch vom Liebesblitz getroffen«, flüstert Sema geheimnisvoll. »Es gibt eben Dinge zwischen Himmel und Erde ...«

Ich kann Sema leider nicht genauer nach den Blitzen und den Dingen fragen, weil Gregor plötzlich in der Küchentür steht. Typisch! Er hat das Talent, immer in den unpassendsten Momenten aufzutauchen. Jetzt grätscht er mir in das Gespräch mit Sema.

»Hi, Terri!«, sagt er und fragt dann: »Wann gibt's denn was zu essen?«

»Ach, da hat wohl jemand Hunger!«, antwortet Sema.

Ich ergreife die Chance und drücke Gregor grinsend das Schälmesser in die Hand: »Kannst mich ablösen. Dann gibt's bestimmt bald was.«

Gregor ist neun, er ist nicht besonders groß, will aber Basketball-Star werden und im Haushalt helfen ist prinzipiell unter seiner Würde. Er guckt mich jetzt an, als würde er mich allein durch seine Gedanken auf den Mond schießen wollen. Klappt aber nicht. Und bevor er sich klammheimlich verdrücken kann, sagt Sema: »Genau, du kannst ruhig auch was tun.«

Ich weiß, dass er es oberpeinlich findet, mit einem Schälmesser in der Hand dazustehen. Er weiß, dass er aus der Nummer nicht mehr rauskommt. Er wird mir das garantiert wieder heimzahlen. Als Sema nicht hinguckt, zieht er auch gleich fiese Grimassen. Beim letzten Mal hat er aus Rache aus meiner Fahne eine Fan-Fahne für seinen Basketball-Verein gemacht. Mal sehen, was diesmal kommt.

Ich gehe zu Papa ins Arbeitszimmer. Nina wurde von einem Liebesblitz getroffen, hat Sema gesagt. Was hat es mit diesen Blitzen auf sich? Die hat doch bestimmt schon irgendjemand erforscht. Nina ist schließlich nicht die Erste, die sich verliebt hat. Ich setze mich in den großen Sessel, nehme mir Papas Tablet, tippe ins Suchprogramm: »Universum« und »Blitze«. Und dann lese ich Sachen, die unglaublich sind.

Forscher haben hochenergetische Gammablitze entdeckt. Die dauern nur wenige Sekunden und setzen in dieser Zeit mehr Energie frei als die Sonne während ihres ganzen Lebens. Jeden Tag soll es solche Blitze im Weltall geben, weil Neutronensterne zusammenstoßen oder Supernovas explodieren. Und das ist jetzt echt krass: Die Blitze entstehen in Galaxien, die Milliarden von Lichtjahren von uns entfernt sind – sechs, sieben, dreizehn Milliarden. Hey, da krachen Milliarden Lichtjahre weit weg zwei Neutronensterne ineinander und Astronomen gucken auf der Erde durch ein Super-Teleskop und sehen einen Blitz! Der Hammer, oder? Und wer weiß denn schon, wo die Energie nach Milliarden Lichtjahren genau ankommt? Und was sie alles anrichten kann? Das ist so unglaublich, das muss ich sofort aufschreiben. Wer weiß, für was ich die Informationen noch brauchen kann. Papa hat immer einen Stapel leere Notizbücher im Regal liegen. Zum allgemeinen Gebrauch, wie er sagt. Ich ziehe eins mit grünem Umschlag heraus und notiere meine Erkenntnisse.

Vier

»Vom Blitz Getroffene können schwere Verletzungen erlei-den. Der Strom kann das Herz und das Gehirn schädigen.«
Das habe ich auch im Internet gelesen und genau so ist es.
Blitzopfer werden schusselig, vergesslich, hysterisch. Sie sind
dann ein Fall für den Arzt! Ich bin mir noch nicht sicher,
für welchen: Herzspezialist, Nervenarzt, Gehirnchirurg. Am
besten alles zusammen. Menschen, die von Liebesblitzen ge-troffen wurden, gehören in Behandlung! Sofort.

In der Pause stehen Nina, Paula, Esin, Luca, Aylin und ich zusammen. Nina kramt in ihrem Rucksack herum, macht dann auf einmal hektische Bewegungen, schiebt ihre Haare zur Seite, zupft an ihrem T-Shirt rum, rollt unkontrolliert mit den Augen, guckt in die Luft, dann wieder auf den Boden. Sie tippelt von einem Bein aufs andere, während uns Paula auf ihrem Handy weiter Fotos von ihrem kleinen Bruder zeigt. Ihre Eltern haben noch mal ein Baby gekriegt. Paula hat jetzt drei Brüder.

Drei! Unvorstellbar, oder!? Und alles richtige Brüder. Nicht so wie Gregor. Drei Brüder wären mir echt zu viel ... Ich denke gerade noch über Geschwister nach, als Nina so richtig wild vor mir rumzappelt. Sie benimmt sich wie eine Marionette, an der ständig jemand mit den Fäden spielt. Jetzt zieht jemand am Faden des rechten Arms, der saust in die Luft und schleudert ihr Mäppchen in hohem Bogen durch die Gegend.

»Nina! Alles okay?«

Sie guckt mich mit aufgerissenen Augen an. Aus ihrem Mund kommen nur unverständliche Laute.

»Was?«

Sie dreht sich um, schaut verstohlen hinter sich. Alles klar! Berki steht da mit ein paar Jungs. Ich hebe Ninas Mäppchen auf, drücke es ihr in die Hand. Sie will es wieder einpacken, ist aber so schusselig, dass ein paar Stifte rausfallen. Wir sammeln sie ein.

»Du bist echt neben der Spur«, sage ich.

»Los, komm mit.« Sie zieht mich am Arm, als wäre ich Otto an der Leine. Ich stolpere hinter ihr her aufs Mädchenklo. Nina drückt die Tür zu, lässt ihren Rucksack fallen, stellt sich vor den Spiegel.

»Mein Herz! Es klopft im Bauch. Fühl mal!« Sie presst meine linke Hand auf ihren Bauch. Genau dahin, wo auf ihrem Pferde-T-Shirt das Maul ist. Ich halte jetzt dem Pferd das Maul zu, während mich Nina über den Spiegel anschaut.

»Oh, Mist, Mist, Mist! Das war es jetzt. Es ist vorbei!«

Nina holt tief Luft, schluchzt und lässt meine Hand los. Ich gucke auf das verkrumpelte Pferdemaul auf ihrem Bauch und frage mich, was ich nicht mitgekriegt habe. Das mit ihr und Berki hat doch noch gar nicht angefangen. Ich behalte meine Gedanken aber lieber für mich. Denn Ninas Zustand ist gerade unberechenbar. Fällt sie in Ohnmacht, wenn ich was Falsches sage? Flippt sie aus und zertrümmert das Schulklo? Kriegt sie einen Heulkrampf und zerkratzt mir mit ihren Glitzernägeln das Gesicht? Im Moment scheint alles möglich zu sein.

»Ausgerechnet das Pferde-T-Shirt.« Sie schaut entsetzt auf ihren Bauch. »Das habe ich, seit ich zehn bin«, stößt sie hervor.

»Na und. Ist doch schön.«

»Schön? Terri, funktionieren deine Augen noch? Es ist ausgeleiert und verwaschen. Es sitzt null. Ich könnte genauso gut einen Sack anhaben. Und es ist voll Kinderkram!« Sie guckt das Pferd jetzt mit wutblitzenden Augen an. Als ob der Liebesblitz seine Gestalt gewandelt

hätte. Was kommt da noch? Und das alles wegen Berki?
Oder macht Berki das alles?

»Weg mit dem Teil!« Mit einem Ruck reißt sich Nina
ihr Pferde-T-Shirt über den Kopf und stopft es in den
Mülleimer neben dem Waschbecken.

»Nina, aber …!?«

»Bloß weg damit. Echt Kinderkram. Geht gar nicht.«
Ihr Arm bahnt sich einen Weg durch die gebrauchten
grauen Papierhandtücher. Sie drückt das T-Shirt bis auf
den Boden des Mülleimers. Von ihrem heißgeliebten
Pferd guckt nur noch ein Nasenloch zwischen den Pa-
pierbergen heraus. Es tut mir jetzt fast leid, das Pferd.

»Zum Glück habe ich das T-Shirt für Sport dabei!«

Nina zieht ruckzuck ihr Sport-T-Shirt an und stellt
sich vorm Spiegel auf die Zehenspitzen.

»Das gefällt Berki bestimmt. Was meinst du, Terri?«
Sie zieht das T-Shirt glatt, dreht sich noch zweimal
hin und her, dann klingelt es. Die Pause ist vorbei, wir
müssen los. Auf dem Weg stolpert Nina fast über ihre
Füße und stellt dann fest, dass sie ihren Sportbeutel am
Waschbecken vergessen hat. Sie macht so ein Drama
daraus, dass ich zur Sicherheit zurücklaufe und den
Beutel hole. Wir schaffen es noch rechtzeitig in die
Klasse, Nina setzt sich völlig aufgelöst an ihren Platz,

ihr Pferdeschwanz wippt wild hin und her. Was passiert hier gerade?

Am Nachmittag sitze ich an meinem Schreibtisch. Sema ist einkaufen, Papa im Labor, Gregor mit seinen Freunden beim Basketball-Training. Ich sollte Englisch-Hausaufgaben machen, kann mich aber null konzentrieren – ich muss an Nina denken. Ich frage mich, was bei diesem Blitzeinschlag den größeren Schaden abgekriegt hat – ihr Herz oder ihr Gehirn. Ich hole mein Notizbuch aus der Schublade:

Symptome Nina:
- *Glitzerlack*
- *Pferde-T-Shirt im Mülleimer*
- *schusselig*
- *hysterisch*

Sind das bleibende Schäden? Das wäre dann echt eine Umstellung. Ich hätte auf einmal eine ganz neue Freundin. Ich hole mir Papas Tablet, setze mich wieder an meinen Schreibtisch und suche: »Blitzopfer« und »Behandlung«. Und stelle mit Schrecken fest: Es gibt anscheinend kaum Spezialisten dafür! Na, super. An jeder

Ecke ein Kieferorthopäde, der einem eine Spange verpasst, aber niemand in der Nähe, der sich um Blitzopfer kümmert. Dabei sind schiefe Zähne nichts gegen die Folgen eines Blitzeinschlags. Hier steht nämlich tatsächlich, dass Blitzopfer unter Denk- und Konzentrationsstörungen leiden. Und weiter: »Ein Blitzeinschlag dauert nur wenige Millisekunden – aber danach ist nichts mehr, wie es einmal war.«

Klingt nicht nach großen Heilungschancen.

Ich höre die Wohnungstür. Vielleicht Sema, die vom Einkaufen zurückkommt. Dann könnte ich sie gleich fragen, wie das mit den Folgen von Liebesblitzen ist ...

»Hallo, jemand da?«

Es ist Papa, auch gut, der kann mir bei anderen Fragen weiterhelfen.

»Hallo, Papa!«

»Hallo, Terri, na, alles okay? Machst du Hausaufgaben?«

»Hab ich schon gemacht. Ich lese gerade was über Blitze. So ein Blitzeinschlag dauert nur wenige Millisekunden und kann richtig viel anrichten!«

»Ja, das liegt an der hohen Energie. So ein Blitz kann bis zu 30.000 Grad Celsius heiß werden, das ist heißer als die Oberfläche der Sonne.«

Boah, heißer als die Oberfläche der Sonne. Also, wenn die Liebesblitze nur einen Bruchteil dieser Hitze entwickeln, wundert mich bei Nina nichts mehr.

»Blitze sind spannend«, sagt Papa. »Es gibt auch noch einige offene Fragen, manche Prozesse kann man sich noch nicht genau erklären.«

»Echt? Die sind noch ungeklärt?«

»Nur die Details. Aber das ist was für die Forschung, das hat nichts mit Sternenkonstellationen zu tun.«

Papa grinst. Ich weiß, was er mir damit sagen will.

»Aber warum interessierst du dich auf einmal so für Blitze?«, fragt er.

»Och, es gab ja einige in letzter Zeit …«

»Hallo!« Als hätte sie irgendwie mitgekriegt, dass Papa gerade eine Anspielung auf ihre Sternen-Theorie gemacht hat, kommt Sema nach Hause. Sie stellt die Einkaufstaschen ab, zieht im Flur ihre Schuhe aus und geht in Giraffensocken in die Küche. Papa und ich räumen mit ihr die Taschen aus, verstauen alles, da poltert auch Gregor zur Tür rein. Total schlecht gelaunt, weil er beim Trainingsspiel heute fast nur auf der Bank saß.

»Vielleicht hättest du dir meine Socken ausleihen sollen. Die Giraffen können den Ball ja von oben reinlegen.« Sema grinst. Sie hat zu fast allem einen Spruch. Gregor kann darüber aber gar nicht lachen. Er verbreitet seine schlechte Stimmung und keins von Semas Mitteln wirkt dagegen. Hoffentlich ist er nicht den Rest der Woche so mies drauf. Am Wochenende kann er ja meckern, so viel er will, da bin ich wieder bei Mama, da gibt es andere Herausforderungen.

Fünf

Es gibt bei euch bestimmt auch Situationen, wo ihr denkt, die ganze Welt spielt verrückt! Bei mir war es auf jeden Fall so, denn die Verhaltensauffälligkeiten von Paulette wurden immer heftiger. Ich habe mich oft gefragt, wo das noch hinführen soll. Und ob zu ihrem speziellen Stöckelschuh-Gen noch ganz andere Mutationen hinzugekommen sind. Als Tochter macht man sich ja manchmal so seine Gedanken …

»Terri, aufstehen, Frühstück!«

»Hmmmm, komme schon.«

Paulette hat es eilig, obwohl heute Samstag ist. Sie ist verabredet, irgendein wichtiger Termin. Als ich in die Küche komme, wirbelt sie dort in ihrem neuen Kostüm herum. Ihre Absätze klackern über den Boden, auf dem Küchentresen steht ihr neuer Nagellack, »Rocking Love«, der Schlüsselbund und ein paar Papiere liegen herum.

»Bonjour, chérie.« Sie drückt mir einen Kuss auf die Wange.

»Ich muss gleich los. Ich geh später auch noch einkaufen und wir sehen uns heute Abend. Viel Spaß mit Nina, macht euch einen schönen Tag! Vielleicht willst du deine Freundin ja zu einem Eis einladen.« Sie legt fünf Euro auf den Tisch, lacht mich an und klackert weiter auf ihren Stöckelschuhen durch die Wohnung.

Ich gucke ihr zu und wundere mich mal wieder, dass sie auf den Dingern überhaupt unfallfrei durchs Leben kommt. Wie macht sie das, dass sie nicht ständig in einem Gitterrost stecken bleibt oder alle paar Meter umknickt? Sie muss ein Stöckelschuh-Gen haben. Eine Mutation. Wie bei den Kammanolis-Eidechsen in den Städten Mittelamerikas, die längere Beine und mehr Zehenlamellen haben. Sie haben dadurch auf den glatten Oberflächen einen lebenswichtigen Vorteil. So muss das auch bei Paulette sein. Aus irgendeinem Grund hat ihr Erbgut beschlossen, dass Stöckelschuhe ihr Überleben sichern.

Heute ist sie irgendwie besonders hektisch. Sie ist jetzt schon dreimal den Flur hin und her gestöckelt. Ich gieße mir am Küchentresen Milch ein, da springt – PLING – die Mikrowelle auf. Ich gucke hoch. Paulettes bester Lippenstift liegt darin.

»Paulette!!!«, rufe ich laut.

»Theresa, ich muss wirklich los«, ruft sie stöckelnd zurück.

»Ja, okay, aber was macht denn dein Lippenstift in der Mikrowelle?«

Keine Antwort.

»Paulette!!!«, rufe ich noch mal. »Du hast deinen Lippenstift in die Mikrowelle gesteckt!«

Das Klackern kommt Richtung Küche, stoppt am Türrahmen. Sie steht da, guckt mich an, guckt die Mikrowelle an, guckt wieder mich an.

»Ach. Wie blöd. Da war ich in Gedanken wohl woanders.« Sie nimmt ihren Schlüssel und packt die Papiere ein. »Ich kümmere mich heute Abend darum, ja!? Bis später.«

Sie drückt mir noch einen schnellen Kuss auf die Wange und ist zur Tür raus. Ich mache ein Foto von dem Lippenstift in der Mikrowelle und schicke es Nina.

Terri: Rätsel des Tages. Was ist das?
Nina: ???
Terri: Paulettes Kochkünste ☺

Am Nachmittag sitze ich an der Wand in der Reithalle. Futtere das Obst, das uns Ninas Mama eingepackt hat.

Nina sitzt auf Bronto, ihrem Lieblingspferd. Eine Runde nach der anderen ziehen die beiden entspannt an mir vorbei, Nina streckt immer mal wieder die Arme seitlich raus und träumt von Hollywood. Sie steckt gerade mitten in ihrer Glamour-Welt, erzählt von langen Autos, tollen Kleidern, roten Teppichen, Pferde gehören natürlich auch dazu ... Sarah, ihre Reitlehrerin, hat sie schon zweimal ermahnt, sie will endlich richtig mit der Stunde anfangen. Keine Chance.

»Oder? Was meinst du, Terri!?«

»Was???« Ich war gerade in Gedanken bei Paulette und ihrem weich gekochten Lippenstift.

»Ob du so breite Liegen oder einen Strandkorb besser findest? Für unsere Villa in Hollywood. Ich weiß schon genau, wie die aussieht: Weiß und flach, mit viel Terrasse und großen Glasfenstern, der Kamin ist richtig, richtig groß, das gefällt Berki bestimmt auch, und wir haben natürlich einen Pool! Du musst dann gar nicht ins Schwimmbad, wenn du uns besuchen kommst.«

»Super«, rufe ich Nina hinterher und: »Definitiv Strandkorb!« Da stellt sie sich geübt auf Brontos Rücken und wirft mir eine Kusshand zu. Seit Berki ist noch mehr Hollywood bei Nina.

Als Nina genug Runden gedreht und Figuren geübt hat, bringen wir Bronto in seine Box. Auf dem Weg fragt sie: »Was war heute Morgen eigentlich bei euch los? Was war das für ein komisches Foto?«

»Ein neues Mikrowellen-Gericht von Paulette«, sage ich grinsend. »Sie hat ihren besten Lippenstift weich gekocht.«

»Echt???« Nina kichert.

»Total echt. Zum Frühstück wollte ich den aber doch nicht. Zu viele Farbstoffe drin.«

Nina prustet los. »Terri, du machst dich auch noch lustig über sie.«

»Das würde ich nie tun, Nina! Selbst wenn sie morgen ihre Wimperntusche aufwärmt und ihre Stöckelschuhe einfriert, selbst dann würde ich nie …«

Weiter komme ich nicht. Wir müssen beide so sehr lachen, dass Blacky in der Nachbarbox wiehert.

Sechs

Hollywood hat mich in der Zeit echt verfolgt. Bei Nina war das ja schon immer so. Aber auf einmal fing auch Paulette damit an. Ich weiß nicht, was an Hollywood so toll sein soll. Übersetzt heißt das nämlich Stechpalmenwald. Klingt schon nicht mehr so glamourös, oder!? Ich meine, ein Titel wie: »Nina Schmidt erfolgreich im Stechpalmenwald« – das hört sich doch nach einem völlig falschen Film an. Und wisst ihr was? Genau so habe ich mich oft gefühlt – wie im falschen Film …

Nach der Schule bin ich mit Paulette in der Stadt verabredet. Sie will noch ein paar Dinge erledigen. Wir treffen uns am Eiscafé und gehen dann los. Im Kaufhaus sucht sich Paulette einen neuen Lippenstift aus. Einen Nagellack nimmt sie auch mit. Farbe: »Make me happy«.

Auf dem Weg zur Kasse sprüht sie sich mit Parfüm ein, wedelt dann völlig hektisch mit den Armen und ruft fast hysterisch: »Iiigggittt. Wie kann man denn so was … wer soll das denn kaufen? Das hält ja keiner aus.«

»Paulette, reg dich ab. Es ist nur ein Parfüm.«

»Ich reg mich doch gar nicht auf, chérie!«

Puh, irgendwie ist ihre Wahrnehmung …

»Und die wären was für meinen Kollegen Detlef!«

Ich komme nicht dazu, mir weiter Gedanken über ihre Wahrnehmung zu machen, sondern frage mich jetzt, was aus der Kosmetikabteilung etwas für ihren Kollegen wäre, da steuert Paulette einen Ständer mit Krawatten an.

»Er trägt immer solche Krawatten mit Micky Maus drauf oder Donald Duck …«

Sie hält eine bunte Micky Maus-Krawatte hoch.

»… und heute hat er mal wieder seine Unterlagen gesucht. Er nervt alle damit.« Paulette verdreht die Augen. »Er hat keine Ordnung auf seinem Schreibtisch. Da sieht es aus! Nur seine Krawatten sind immer sehr ordentlich gebunden.« Sie grinst mich an. Wir bezahlen und ziehen weiter, kaufen noch ein neues Tuch für mich und machen uns dann auf den Heimweg.

Plötzlich fängt es an zu regnen. Ein richtiger Wolkenbruch. Wie an Fäden fällt der Regen aufs Pflaster. Wir rennen durch unsere kleine Fußgängerzone, Paulette auf ihren Stöckelschuhen immer ein paar Schritte hinter mir, schon bald müssen wir über Pfützen springen, versuchen immer wieder, mit Händen, Taschen, Ellbogen unsere Köpfe zu bedecken, ich ziehe mein neues Tuch über den Kopf, aber nichts schützt vor den dicken Tropfen. Schließlich geben wir auf und flüchten in unser Eiscafé. Im Eingang schütteln wir uns wie zwei französische Wasserhunde.

»Mon dieu! Was für ein Wetter, unglaublich. Genau richtig für deinen Vater, was!? Für den gibt es ja kein schlechtes Wetter.« Paulette lacht.

Ich starre sie an. Ich kann mich nicht erinnern, dass ich sie in meinem bisherigen Leben jemals mit klitschnassen Haaren und aufgeweichten Schuhen über einen Wolkenbruch habe lachen sehen. Wir setzen uns auf die Hocker an der Theke, bestellen etwas und kurz danach hört der Regen so plötzlich auf, wie er angefangen hat. Als wir ausgetrunken haben, gehen wir nach Hause und machen große Schritte über breite Pfützen.

Zu Hause rubbeln wir uns trocken und schlüpfen in die Bademäntel. Paulette will sich einen gemütlichen Abend machen. Wir rufen bei Toni an und dann schlägt sie allen Ernstes vor, dass wir uns zusammen einen alten Hollywood-Film angucken! Einen Hollywood-Film?

Sie guckt sonst nur künstlerische Filme und Dokumentationen. Hollywood war ihr bisher immer viel zu viel Herzschmerz.

»Oh, nee. Bitte nichts aus Hollywood!«, protestiere ich lautstark.

»Was hast du gegen Hollywood? Es gibt so schöne, romantische Hollywood-Filme.«

»Ich habe gerade genug Hollywood um die Ohren.«

Sie guckt mich fragend an.

»Nina«, sage ich.

»Nina?«

»Hollywood hat Glamour, sagt sie. Und seit sie in Berki verliebt ist, ist sie noch verrückter nach Glamour, träumt sie noch mehr von Hollywood. In Gedanken zieht sie schon in eine weißen Villa mit allem Drum und Dran in den Hollywood Hills.«

»Ach, Nina ist verliebt?«

»Und wie. So verliebt, dass sie gerade eine totale Persönlichkeitsveränderung durchmacht. Wenn ich nicht wüsste, dass es Nina wäre – ich würde sie manchmal nicht wiedererkennen.«

»Wie schön.« Paulette lächelt mich seltsam an.

»Schön? Na ja, ich weiß nicht.«

»Ist er aus eurer Klasse?«

»Parallelklasse.«

»Das ist bestimmt aufregend für Nina.«

Ich gucke Paulette an. Warum interessiert sie sich so für Ninas Zustand?

»Und wie findest du ihn? Ist er nett?«

»Keine Ahnung«, sage ich. »Ich kenne ihn nicht.«

Paulette guckt mich an, aber irgendwie durch mich hindurch und ich frage mich mal wieder, was gerade in ihrem Kopf passiert. Sie versucht es noch mal mit einem Hollywood-Vorschlag.

»Aus Hollywood nur Star Wars«, sage ich.

»Terri, deine Marsmännchen gucke ich nicht.«

Es ist hoffnungslos. Wir einigen uns dann auf einen französischen Film. Während Paulette gebannt zuschaut, ergänze ich in Gedanken die Liste mit Ninas Symptomen:

Symptome Nina:
- *Glitzerlack*
- *Pferde-T-Shirt im Mülleimer*
- *schusselig*
- *hysterisch*
- *noch mehr Hollywood*
- *noch mehr Glamour*

Sieben

Kennt ihr das, wenn euch von einer Sekunde auf die andere etwas klar wird? Es war die ganze Zeit da, aber ihr habt es bisher einfach nicht gesehen. Und dann, auf einmal, ist es so logisch wie das Rezept für Muffins oder wie eine von Papas Formeln. Bei mir kam der Durchblick, als meine Sicht beschränkt war. Da fielen die Teile in meinem Kopf einfach so zusammen und ergaben plötzlich ein Ganzes. Komisch war nur, dass plötzlich noch mehr Fragen auftauchten ...

Nach der ungewöhnlichen Woche bei Paulette tut etwas Abstand mal ganz gut. Ich habe meine Fahne bei Papa an die Tür gehängt und weil das Wetter so schön ist, sind wir am Nachmittag noch ins Freibad.

Nach ein paar Bahnen im Becken stehe ich auf dem Dreimeterbrett, gucke ins Wasser, auf die Schwimmer, erkenne Papa auf der äußeren Bahn. Er hätte echt gut nach Südfrankreich gepasst, ans Meer, er schwimmt so gern.

»Terri, du machst es aber spannend. Bist du da oben eingeschlafen?«

Statt gegen Wellen anzukämpfen, hängt Papa jetzt am Beckenrand. Den Kopf im Nacken lacht er mich an. Ich winke ihm zu, wippe zweimal, auf, ab, auf, ab, federe hoch – springe. Luft saust an meinem Körper vorbei. Es fühlt sich an, als würde das ganze Blut in meinen Kopf fließen, es wird warm und kribbelig im Gehirn, als wenn eine ganze Ameisen-Kolonie darin herumkrabbelt.

Die rote Schwimmbadfahne, der Himmel, die Wolken, das glitzernde Wasser sind fliegende Farbkleckse, die sich vor meinen Augen vermischen. Die Fahne ist rot wie Mamas Fingernägel und das Wasser glitzert wie der Nagellack von Nina. Während ich falle, vermischen sich auch meine Gedanken. Nina, Glitzer, Berki, Nagellack, rot, Mama, Lippenstift. Das Wasser kommt immer näher, meine Zehenspitzen durchstoßen die Oberfläche und als mein Kopf untertaucht, sehe ich klar: Mama ist verliebt! Bei ihr hat auch der Blitz eingeschlagen! Deshalb lackiert sie sich wieder die Fingernägel, deshalb ist sie trotz Sturmtief gut gelaunt, deshalb ist sie so schusselig und neben der Spur wie Nina – deshalb »Rocking Love«!

Mit geschlossenen Augen sinke ich Richtung Schwimmbadboden. Meine Haare schweben wie tanzende Wasserpflanzen über mir. Mama ist verliebt! Warum bin ich nicht früher darauf gekommen? Da wird noch jemand sein. Es fühlt sich leicht an. Glitzernd. Schwerelos. Ich strecke die Arme nach oben, sinke tiefer und tiefer. Der Wasserwiderstand bremst dann meine Fahrt. Und je langsamer ich sinke, desto mehr Fragen tauchen auf. Ist er nett? Hat er einen Hund? Zieht er bald bei uns ein? Mag er gemütliche Abende? Meine Zehenspitzen berühren den Boden. Wer ist es überhaupt? Ich stoße mich fest ab und schieße so schnell nach oben, dass meine Gedanken nicht mehr hinterherkommen.

»Na, endlich. Du warst aber lange unter Wasser!« Papa nimmt mich am Beckenrand in Empfang. »Komm, Schluss für heute. Sema wartet auf uns.«

Ich hüpfe fast den ganzen Weg nach Hause. Paulette ist verliebt, alles spricht dafür. Das kann man garantiert auch wissenschaftlich beweisen.

»Papa, ich hab eine echte Nobelpreis-Frage. Hast du eine wissenschaftliche Erklärung für Mamas Zustand?«

»Klingt schwer nach Nobelpreis. Welchen Zustand meinst du?«

»Sie ist schusselig und vergesslich und vor allem: Als es letztens so gestürmt, geblitzt und gedonnert hat, war sie total gut gelaunt. Das ist doch so, als ob Padmé Amidala mit Marsmännchen verwandt wäre oder Sema mal keine Tiersocken an den Füßen hätte.«

Papa lacht: »Na ja, wir bräuchten erst einmal eine Datensammlung, eine statistische Basis: Ist Paulette bei schlechtem Wetter wirklich IMMER schlecht gelaunt? Dann stellt sich die Frage: Ab wann ist das Wetter schlecht? Und ab wann hat Paulette schlechte Laune? Außerdem gibt es in jeder Statistik Ausreißer. Mal einen Tag schusselig sein oder mal ein Witz bei Regenwetter ist noch kein Beweis für eine wirkliche Veränderung. Wir könnten eine Formel aufstellen und versuchen ...«

Ich hab schon gesagt, dass Papa es mit Formeln hat, oder!? Manchmal frage ich mich, ob er eine Formel sieht, wenn er mich anguckt. Denn aus seiner Sicht bin ja auch ich das Ergebnis biochemischer Abläufe.

Zwei Pinguine machen die Tür auf. Als hätte Sema geahnt, dass beim Tauchen alle meine Gedankensplitter zusammengefunden haben.

»Na, ihr beiden, wie war es?«

»Terri ist vom Dreimeterbrett gesprungen.«

»Und ich bin richtig lange getaucht«, sage ich.

Sema muss lachen und watschelt in ihren Socken über den Flur. Papa schüttelt den Kopf. Ich stehe immer noch an der Tür, gucke Sema hinterher und frage mich, ob der Neue auch schwimmen geht oder vielleicht Paulette zum Tanzen ausführt, so wie das Ninas Papa mit ihrer Mama Sabine einmal die Woche macht. Während Paulette ja immer nur davon redet, dass sie so gern mal wieder … WUUUSCH – mit einem Sprung landet Gregor vor mir. Über seinen Kopf sehe ich, dass die Fahne an meiner Zimmertür hin und her wackelt.

»Oh, Mann, Gregor, du weißt genau, dass ich das nicht leiden kann.«

Er benutzt sie als Höhenmaß für seine Basketball-Sprünge. Er springt hoch, versucht mit einer Hand so weit wie möglich über die Fahnenstange zu kommen und schlägt mit der anderen gegen meine Fahne, damit sie sich um die Stange wickelt. Dabei hat er sie schon ein paarmal aus der Halterung gerissen. Jetzt dreht er sich um, nimmt zwei Schritte Anlauf, springt noch einmal.

»Gregor! Hör auf.«

Ich gehe ihm hinterher. Er tut so, als ob er ein drittes Mal springen würde, biegt dann aber in sein Zimmer ab. Glück für ihn. Ich richte meine Fahne neu aus, drücke die Tür zu und werfe mich auf mein Bett. Hat der neue Mann Kinder? Habe ich vielleicht bald NOCH einen nervigen Bruder? Gregor reicht mir eigentlich. Ich will nicht JEDE Woche meine Fahne verteidigen müssen und für die Gleichberechtigung beim Gemüseschälen verantwortlich sein. Ich weiß echt nicht, wie Paula es mit drei Brüdern aushält. Esin dagegen träumt von einem Bruder. Von einem großen Bruder, der sie beschützt. Nina erklärt Esin dann immer, das wäre ein Denkfehler, das mit dem Beschützen. Das könne sie sich abschminken. Große Brüder wären so gut wie nie zu Hause. Ihr großer Bruder Anton sei so selten da, dass er wahrscheinlich gar nicht mehr weiß, wie sie aussieht – wie sollte er sie da beschützen? Deshalb sagt Nina manchmal, sie hätte eigentlich lieber eine Schwester. Vielleicht hat der neue Mann ja eine Tochter – eine Schwester wäre cool!

Nach dem Abendessen räume ich mit Sema den Tisch ab. Das ist die Gelegenheit.

»Sema, die Liebesblitze, wann treffen die einen?«, frage ich leise.

Sema hat die Teller noch in der Hand, guckt mich verschwörerisch an und flüstert: »Das weiß man nie, Terri. Das ist es ja gerade … du gehst durch die Stadt, sitzt an einer Bar oder arbeitest vielleicht in einem Restaurant, räumst gerade die Teller weg – und ZACK, trifft dich einer ...«

Papa kommt in die Küche.

»Gregor fragt, ob es noch Eis gibt.«

Gregor wieder. Sema zwinkert mir zu – und wechselt das Thema. Ich verziehe mich in mein Zimmer, hole mein Notizbuch heraus und ergänze meine Forschungsnotizen.

Acht

Nach der Erkenntnis im Schwimmbad habe ich meine Recherchen intensiviert und bin dabei auf Berichte von Blitzopfern gestoßen. Und ich kann euch sagen, die waren nicht ohne! Einer erzählte von Feuer unter der Haut, das sich seinen Weg durch den Körper bahnt. Papa hatte ja gesagt, dass bei Blitzen noch nicht alles aufgeklärt ist. Und auch bei den Blitzopfern gab es noch offene Fragen. Aber komisch war – Liebesblitze tauchten in den Berichten nie auf. Ich hatte das Gefühl, auf eine richtig große Forschungsfrage gestoßen zu sein – und musste ganz vorne anfangen ...

Die statistischen Ausreißer gehen mir nicht mehr aus dem Kopf. Wie war das, als Papa und Paulette verliebt waren? War sie da auch gut gelaunt? Ich gehe zu Papa ins Arbeitszimmer, setze mich in den großen Sessel.

»Papa, als du Mama kennengelernt hast, hatte sie da diese Regenwetter-schlechte-Laune? Oder war sie fröhlich? Oder wie war sie ...«

Papa legt seine Dokumente auf den Schreibtisch.

»Beschäftigt dich ja gerade schwer, der Zustand von Paulette. Vielleicht läuft es ja bei ihr im Büro gut und sie hat deshalb einfach nicht so viel Stress.«

Ganz falsche Fährte. Wenn Papa wüsste, wie sie letztens über ihren Kollegen geschimpft hat. Mit dem Büro hat ihre gute Laune definitiv nichts zu tun.

»Vielleicht. Aber trotzdem, wie war das, als ihr euch kennengelernt habt?«

Papa denkt kurz nach, zumindest sieht er so aus.

»Sie war oft fröhlich.« Er lächelt vor sich hin. »Einmal, als wir im Urlaub waren, hat es fünf Tage geregnet, zum Teil sogar gestürmt, mit heftigem Wind. Wir konnten das Zimmer kaum verlassen. Aber es war tatsächlich auszuhalten mit deiner Mutter.« Er lacht mich jetzt an und erzählt: »Das große Bett in unserem Hotelzimmer wurde zu unserer Basisstation. Von dort haben wir unsere Tage organisiert. Frühstück aufs Zimmer bestellt, im Fernseher die Weltlage verfolgt, einen Tisch im Restaurant reserviert. Wir haben viel gelacht.«

Das sind doch wichtige Informationen. Paulette hatte also damals die gleichen Symptome.

Papa vertieft sich wieder in seine Papiere. Und sagt dann mehr so vor sich hin: »Aber Gewitter hat Paulette nie gemocht. Sie hat sich früher richtig davor gefürchtet. Warum auch immer …«

Paulette hatte Angst vor Gewitter!? Irgendwie verständlich, bei all dem was ich bisher über Blitze herausgefunden habe. Ich nehme mir das Tablet und recherchiere weiter. Es wird nicht besser. Da steht: »Der Blitz bringt alle elektrischen Ladungen im Körper durcheinander. Blitzopfer kämpfen oft mit verheerenden Folgen.«

Und nicht nur die Blitzforscher wissen noch nicht alles, auch die Ärzte haben noch Fragen. Denn weiter heißt es: »Bei Blitzunfällen mit Personenschaden fehlen noch Informationen über die genaue Wirkung der Blitze im Körper und über Langzeitschäden. Es kann aber ganz sicher zu Folgeschäden kommen – bis hin zu Persönlichkeitsänderungen.«

Na also, BINGO! Da werden meine Beobachtungen doch voll bestätigt. Ich gehe in mein Zimmer und ergänze meine neuen Erkenntnisse im Notizbuch:

Symptome Nina:
- *Glitzerlack = komplett unverständliche Entscheidung*
- *Pferde-T-Shirt im Mülleimer = nahe am Stadium der Unzurechnungsfähigkeit*
- *schusselig*

- *hysterisch*
- *noch mehr Hollywood*
- *noch mehr Glamour*

Symptome Paulette:
- *Rocking Love + Herz-Verschluss = komplett unverständliche Entscheidung*
- *Lippenstift in der Mikrowelle = nahe am Stadium der Unzurechnungsfähigkeit*
- *schusselig*
- *hysterisch*
- *Hollywood-Filme*
- *gute Laune bei Mistwetter*

Am Wochenende bin ich wieder bei Paulette. Mal sehen, was ich da noch so beobachte.

Neun

Ihr kennt das bestimmt: Eltern können einem manchmal die Luft zum Atmen nehmen. Sie schwirren so um einen herum, dass kaum Platz bleibt für einen selbst. Mit fatalen Folgen: Talente können sich nicht frei entfalten! Denn zum Entfalten braucht man Raum, sagt unsere Kunstlehrerin Frau Fabritius immer. Auch Forscherinnen brauchen Raum. Man muss sich schließlich mal in Ruhe mit Grundlagen beschäftigen können. Aber wie soll das gehen, wenn man um jeden Zentimeter Privatsphäre kämpfen muss!? Das sollte sich bei mir aber bald ändern …

Paulette holt mich heute mit dem Auto von der Schule ab, sie hat noch einiges auf ihrer Liste stehen: Supermarkt, Post, Autowerkstatt, so Dinge eben – und ich muss mit. Wir stehen an der Ampel, sie erzählt mir, was, wie, wo alles erledigt werden muss. Es wird Grün, aber Paulette fährt nicht los, sie hat gar nicht mitgekriegt, dass die Ampel umgesprungen ist. Irgendwann hupen die Autos hinter uns, sie gibt Gas, dass die Reifen quietschen. Im Supermarkt schiebt sie den Einkaufswagen ohne Plan durch die Gänge.

»Warum haben die das Müsli weggeräumt? Das stand doch sonst immer hier?«

»Da stand es noch nie.«

»Doch, das letzte Mal stand es in diesem Regal, da bin ich mir sicher.« Ihre Augen suchen immer wieder das Regal ab. Ich gehe auf die Rückseite – zum Müsli.

»Paulette, es steht hier«, rufe ich, »wie immer.«

»Ach, wie immer?« Paulette biegt mit dem Wagen um die Ecke und fährt dabei fast einen Stapel Katzenfutter um. An der Kasse lässt sie ihren Geldbeutel fallen, die ganzen Münzen kullern raus, die Kassiererin rollt genervt mit den Augen.

Das sind keine statistischen Ausreißer, das sind handfeste Beweise!

Zu meiner Überraschung schaffen wir es dann unfallfrei nach Hause. Ich stecke die Fahne an meine Zimmertür, setze mich auf mein Bett, will bei Paulette als neues Symptom *Orientierungslosigkeit* in meine Datensammlung eintragen und weiter über Blitze recherchieren, da steht sie in der Tür – Zeit für das

Ritual! Das wurde in ihrem Gehirn leider nicht weg-programmiert, daran hält sie fest. Ich lasse nix unver-sucht: »Och, Paulette, es gibt echt Wichtigeres. Das Klima spielt völlig verrückt, ich hab noch viel zu tun und du fragst nach der Woche bei Papa.«

Sie lächelt mich an, gibt aber nicht nach. Wie können Mütter nur so nett lächeln und dabei so unbarmherzig sein? Also erzähle ich ihr alles Mögliche von der Woche bei Papa. Von meinem Sprung vom Dreimeterbrett aber nicht.

Nach meinem Bericht räumt Paulette draußen auf, te-lefoniert, kramt in der Küche und im Flur herum. Ich schnappe mir mein Handy und vertiefe mich wieder in die Blitzrecherche: »Flächenblitz, Kugelblitz, Linien-blitz, Perlschnurblitz ...«

Linienblitze fahren nicht direkt in den Boden, steht da. Sie können erst Bögen machen und dann einschla-gen. Perlschnurblitz klingt schön. Ein Blitz wie eine Perlenkette. Und man weiß noch gar nicht, wie die entstehen. Mit Satelliten beobachten Forscher die Blit-ze und sie schätzen, dass es weltweit etwa 50-mal pro Sekunde blitzt. Am häufigsten in warmen Ländern, in Afrika, Asien, Südamerika. Und in Deutschland im

Süden, in der Nähe der Alpen. Kriegen die dort dann auch mehr Liebesblitze ab?

> Nina: SOS! Ich verzweifele an Kunst!!!!
> Terri: ????
> Nina: Collage für Frau Fabritius. Meine ist total langweilig. Null Glamour. ☹
> Terri: Oh, sollte mal damit anfangen ☺

Gut, dass mich Nina daran erinnert. Ihr Zustand scheint nicht ganz so dramatisch wie Paulettes zu sein. Ich suche im Wohnzimmer alte Zeitschriften, breite in meinem Zimmer Zeichenpapier auf dem Boden aus, Schere, Stifte, Klebstoff und lege mich davor. Super, ausgerechnet eine Collage zum Thema »Familie«. Frau Fabritius hätte sich echt was anderes aussuchen können. Als wenn ich nicht schon im wahren Leben genug damit beschäftigt wäre – jetzt soll ich auch noch Kunst dazu machen. Ich blättere durch die Zeitschriften, schneide aus: Frauen, Taschen, Stöckelschuhe, Kleider, Autos, Nagellackflaschen, Sterne, lustige Tiere, eine Fahne, Socken, Gewitterwolken, Lippenstifte, Regenschirme, Blitze, Formeln, einen Basketball ... ich lege, sortiere, verschiebe, arrangiere um. Schnipsel für

Schnipsel. Aber die Teile sind so unterschiedlich. Es ist alles ein großes Kuddelmuddel. Und dann ist da der geheimnisvolle Unbekannte. In den Zeitschriften gibt es Geschäftsmänner mit Aktentaschen, Männer auf Fahrrädern, Männer in einer Parfümwerbung, Männer am Computer. Was soll ich ausschneiden?

Ich frage mich wirklich, wer es ist, und natürlich, ob ich ihn mag. Sema mochte ich gleich. Wie wird das bei ihm sein? Und wie war das eigentlich bei Papa, als er Sema kennengelernt hat? Ich kann mich gar nicht erinnern, dass er irgendwelche Symptome gezeigt hat. Ist aber auch schon so lange her.

Ich verschiebe wieder alles, sortiere die Schnipsel neu, arrangiere um. Die Teile ergeben immer noch kein einheitliches Bild. Meine Familie ist so zusammengebastelt wie diese Collage hier. Und wo soll ich da bitte schön die Fahne für mein TerriTorium hinkleben?

»Wir haben doch noch andere bunte Bänder. Ich habe letztens doch welche gekauft, da bin ich mir ganz sicher. Sie müssen doch hier in einer Kiste oder Schublade sein. Ich hab sie doch ...« Paulette tigert über den Flur, ich höre sie in Schubladen und Kisten wühlen.

»… hast du die neuen Bänder gesehen, Terri?«

Kunst braucht Raum, höre ich Frau Fabritius sagen.

»Und das bunte Klebeband ist bestimmt bei dir!«

Ich schneide gerade Stöckelschuhe aus, versuche, mich zu konzentrieren.

»Theresa, ist das Klebeband bei dir?«

»Hmmmm.«

»Aha, und hätte die Queen auch die Güte, mir zu verraten, wo es ist!?« Paulette erscheint in der Tür.

So wird das nix mit der freien Entfaltung.

»Wenn die Queen dann nicht mehr gestört wird, kann sie darüber nachdenken«, murmele ich.

»Sie kann darüber nachdenken. Wow, da habe ich ja einen richtig guten Tag erwischt! Und wie lange wird das dauern? Das Nachdenken? Vielleicht könnte sie …«

»Paulette …« Ich deute mit meinem Kopf auf den Schreibtisch. »Da oben irgendwo.«

Sie stiefelt zum Tisch, schiebt die Schulhefte zur Seite. »Ah, merci!«

»Und – nicht mehr stören.«

»Oui, bin schon weg.«

Als sie auf dem Flur ist, drücke ich mit dem Fuß vorsichtig die Zimmertür zu. An manchen Tagen ist es extrem schwierig mit der Privatsphäre.

Später liege ich im Bett. Paulette kramt noch im Regal auf dem Flur herum, Papiere rascheln, sie kämpft mit dem Klebeband, schimpft leise vor sich hin, schneidet was mit der Schere zurecht. Kein Wunder, dass Nina die bessere Note in Kunst hat – bei vier Menschen und Otto im Haus. Auch wenn ihr Bruder Anton nicht mehr oft da ist, es verteilt sich bei ihr alles ganz anders. Sie hat viel mehr Raum. Ihre Collage ist bestimmt total einheitlich, da passt garantiert alles schön zusammen – so wie auf dem getöpferten Türschild. Darauf könnte ich wetten! Aber wenn es bei Paulette jetzt wieder jemanden gibt, kann ich mich auch anders entfalten. Frau Fabritius wird sich noch wundern.

Zehn

*In einer Zeitschrift von Sema stand: »Liebe macht blind.«
Herzschäden, Gehirnschäden – und dann auch noch die Augen! Kein Wunder, dass Nina und Paulette nichts mehr auf
die Reihe gekriegt haben. Das lag an ihrer Liebesblindheit.
Was mir aber echt ein Rätsel war: Es stand nirgends »Liebe
macht stumm«. Aber genau das war der große Unterschied.
Nina hat das mit Berki in alle Welt herausposaunt – und
von Paulette kam nichts. Kein Wort. Papa sagt ja, viele For-
schungsergebnisse entdeckt man durch Zufall. Später hat sich
gezeigt, dass das auch bei mir so war …*

Am Wochenende war ich mit Paulette viel unterwegs
und bin deshalb mit meiner Kunst und meinen Erkennt-
nissen nicht wirklich weitergekommen. Nach der Schule am Montag will ich meine Collage weitermachen,
suche die große Papierschere, gucke im Regal auf dem
Flur – und entdecke ein Geschenk. Schön in Geschenk-
papier verpackt, eine leuchtende Schleife drum herum,

ein Anhänger dran: »Für Micha«. Aha, Micha. Papa hat einen Kollegen, der heißt Michael, den nennen alle nur Micha. Und zu unserem Mathelehrer, Herrn Brinkmann, sagen sie im Lehrerzimmer auch Micha. Herr Brinkmann!? Wir hatten heute in der dritten Stunde Mathe, er hat sich total normal verhalten, keine Symptome. Vielleicht äußert sich das bei Männern aber auch anders? Bei Papa konnte ich ja auch keine Verhaltensauffälligkeiten feststellen, als er Sema kennengelernt hat.

Ich drehe das Päckchen vorsichtig herum, oben, unten, rechts, links – kein Herz, keine Botschaft, kein Hinweis auf »Rocking Love«.

Ich schicke Nina eine Nachricht:

Terri: Wie findest du unseren Mathelehrer?

Nina: Den Brinkmann? Wieso?

Terri: Nur so.

Nina: Nur so – okay. Er kann nix dafür, dass ich Mathe nicht mag.

Terri: Wir können für die nächste Arbeit wieder zusammen lernen.

Nina: ☺ Perfekt! Kannst du morgen dein Muffins-Backbuch mitbringen!?

Terri: Klar. Bis morgen.

Am Abend sitze ich mit Paulette vorm Fernseher. Es läuft ein Film über Reiseziele in Südfrankreich. Sie zeigen die vielen berühmten Sehenswürdigkeiten, die es dort gibt. Paulette kennt sie alle, sie kommt schließlich da her. Sie guckt aber sowieso nicht hin, sie lackiert sich die Fingernägel neu. Farbe: »Rocking Love«. Das ist die Gelegenheit: »Mama, wann warst du das letzte Mal auf dem Elternsprechtag in der Schule?«

»Letztes Jahr, oder!?«

Sie konzentriert sich auf ihre Nägel.

»Und bei welchen Lehrerinnen und Lehrern?«

»Puh. Ich glaube bei deiner Englischlehrerin und deinem Religionslehrer. Aber das ist lange …«

»Bei meinem Mathelehrer warst du nicht?«

»Chérie, was sollte ich bei deinem Mathelehrer? Mathe läuft doch bei dir!« Sie lacht mich an und sagt: »Das hast du von deinem Vater. Der hat es ja auch mit Zahlen. Gut, dass ihr zwei euch wenigstens damit auskennt … Ach, Mist, jetzt habe ich hier Farbe verschmiert.«

Sie guckt zerknirscht auf ihren Daumennagel, tränkt ein Kosmetiktuch mit Nagellackentferner, rubbelt die verrutschte Farbe weg und schaut kurz auf den Fernseher.

»Ach, das ist ganz in der Nähe von Oma Emmanuelle!«

Im Fernsehen zeigen sie die Brücke von Avignon.

»Weißt du noch, als wir letztes Jahr dort waren?«

»Hhhhmmm.«

Was ist bei ihr anders als bei Nina? Warum sagt sie nichts? Der Brinkmann wäre doch okay. Es gibt offenbar doch unterschiedliche Ausprägungen bei den vom Blitz Getroffenen. Und bei Paulette muss ich meine Datensammlung wohl erweitern – um *Sprachlosigkeit*.

Am nächsten Tag sitze ich nachmittags mit Nina in der Hollywoodschaukel bei ihr im Garten. Schaukeln beruhigt, sagt Sabine immer und so entspannt, wie sie ist, muss sie oft schaukeln. Sie hat uns Limo und Kekse auf den kleinen Tisch gestellt. Bei jedem dritten Vorschaukeln nehme ich einen Keks. Nina kommt vor lauter Erzählen eh nicht zum Essen. Sie blättert sich durch einen Stapel »DIY«-Zeitschriften mit Bastelanleitungen für alle Lebenslagen. Berki hat bald Geburtstag und sie möchte ihn mit einem selbst gemachten Geschenk überraschen. Denn selbst gemachte Geschenke sind immer mit viel Liebe gemacht, sagt sie.

»Blumenvasen, Windlichter, Body-Creme, Kerzen zum Selbermachen – das passt alles nicht«, seufzt

Nina und nimmt die nächste Zeitschrift. Ob Paulette das Geschenk für Micha auch selbst gebastelt hat?

»Geflochtene Kränze. Das ist doch null persönlich und so was von unspektakulär.«

»Ich könnte dir Muffins mit Glamour-Verzierung backen. Mit extra viel Glitzer und Zucker-Sternchen drauf, für dich sogar in Lila!« Ich zeige ihr eine Seite in dem Backbuch, das ich mitgebracht habe.

Nina guckt mich entgeistert an. »Terri! Warum heißt es wohl: SELBST GEMACHTE Geschenke sind mit Liebe gemacht!«

»Die Muffins wären ja selbst gemacht. Berki würde doch gar nicht merken, dass ich …«

»Oh, doch! Meine würden ganz anders schmecken als deine. So, als wenn da plötzlich noch ganz andere Geschmacksstoffe drin wären. Und die kannst du nicht im Supermarkt bei den Backzutaten kaufen.«

Puh, das klingt nach einer Wissenschaft für sich.

»War ja nur so eine Idee«, murmele ich, während wir weiter vor und zurück schaukeln und Nina durch die nächste Zeitschrift blättert.

»Hier guck mal! Das ist es. Das ist super.«

Sie schiebt mir die Zeitschrift rüber, zeigt mir aufgeregt eine Anleitung für einen ewigen Kalender.

»Was macht man mit einem ewigen Kalender?«, frage ich.

»Geburtstage und Jahrestage eintragen. Den Valentinstag, den Verlobungstag, den Hochzeitstag …«

»Und so was macht Berki?«

»Bestimmt«, sagt Nina und schiebt hinterher, »außerdem: ewiger Kalender für ewige Liebe.«

In der Bastelanleitung steht das zwar nicht. Aber gut.

Wir schaukeln weiter hin und her. Nina vertieft sich wieder in die Zeitschrift. Nach einem Kalender sah das Geschenk im Regal nicht aus. Und Paulette und Basteln? Passt gar nicht. Sie kämpft ja immer schon mit dem Einpacken von Geschenken. Und ich glaube auch nicht, dass Herr Brinkmann einen ewigen Kalender verwenden würde. Außerdem frage ich mich, wann Paulette sich überhaupt in den Brinkmann verliebt hat, wenn sie nie beim Elternsprechtag war? Und wie war das eigentlich bei Nina? Das hat sie mir noch gar nicht erzählt.

Wir schaukeln vor, zurück, vor, zurück – dann frage ich: »Wann hast du dich eigentlich in Berki verliebt?«

Nina strahlt mich an – und erzählt mit einer säuselnden Stimme, die ich gar nicht von ihr kenne: »An dem einen Freitag, nach der letzten Stunde. Du bist direkt beim ersten Klingeln los, weil dein Wechseltag war und Paulette dich abgeholt hat. Ich bin auf den Flur und weil überall Gedränge war, bin ich fast in ihn reingelaufen. Er hat »Hi« gesagt, mich angeguckt und gelächelt und ich hab diese süüüßßße Zahnlücke gesehen. Und … haaach! Es ging ganz schnell.«

»Hm. In Millisekunden sagt die Blitzforschung.«

»Was?«

»Es geht wirklich ganz schnell«, sage ich. Nina guckt mich etwas irritiert an.

»Und an was hast du gemerkt, dass du verliebt bist?«

Da strahlt Nina noch mehr. Sie leuchtet.

»Das merkt man SOFORT. Das Herz schlägt wie wild, es kribbelt am ganzen Körper, man kriegt fast Atemnot – und dein Kopf ist voll von ihm. Es ist total verrückt. Dein Gehirn kann an nix anders mehr denken. Deshalb habe ich ja auch die Deutsch-Arbeit verhauen. Ich konnte echt keinen geraden Satz mehr schreiben. Eigentlich dürfte die Arbeit bei mir gar nicht zählen. Das ist echt zu viel verlangt in so einer Situation.«

Wir schaukeln vor, zurück, vor, zurück, vor, zurück und irgendwann sage ich zwischen zwei Keksen: »Ich glaube, Paulette ist auch verliebt.«

»Echt? Oh, Terri, das ist ja schön! Voll romantisch. Ach, ich freu mich so. Wirklich verliebt!? Hat sie dir das gesagt?«

»Das nicht. Aber sie ist … so anders.«

»Wie anders?«

»So wie du.«

»Terri, ich bin verliebt!«

»Eben. Das ist anders.«

Nina rollt mit den Augen.

»Ich kann alles beweisen«, sage ich, »ich habe eine umfassende Datensammlung angelegt.«

»Eine was?«

»Eine Datensammlung.« Ich ziehe mein Notizheft aus dem Rucksack.

»Hier: Paulette ist schusselig, manchmal richtig neben der Spur, sie wirft Dinge durch die Gegend und vergisst Sachen, ich sage nur: Lippenstift und Mikrowelle, du weißt schon. Außerdem lacht sie viel mehr, sie ist selbst bei richtigem Mistwetter gut gelaunt, sie hat neuen Nagellack … und bei dir ist es – im Prinzip – genauso. Die Ergebnisse lassen sich zum Großteil übertragen.«

Nina schlägt die Bastelzeitschrift zu und guckt in mein Notizheft.

»Du hast Paulette erforscht?«

»Ja, alles beobachtet und festgehalten! Inzwischen sind es so viele Daten, die beweisen, dass es sich nicht um statistische Ausreißer handelt.«

»Und mich auch?«

»Dich zuerst.«

Nina blättert durch meine Notizen. Mit großen Augen studiert sie die gesammelten Daten.

»Unzurechnungsfähig, hysterisch! Terri, das stimmt jetzt aber wirklich nicht.«

Ich sage nichts. Nina liest weiter.

»Und du hast herausgefunden, dass ich verliebt bin!? Super, du bist eine tolle Forscherin. Du hast es als Erste erfahren, und zwar von mir!« Nina lacht und schüttelt den Kopf.

»Ja, aber Paulette sagt nichts. Und sie wurde garantiert auch vom Liebesblitz getroffen.«

Beim Liebesblitz hört Nina auf zu lachen.

»Vom Liebesblitz getroffen?«, fragt sie.

»Sagt Sema.«

»Und was weiß man über diese Liebesblitze?«

Nina legt die Bastelzeitschrift jetzt zur Seite.

»Nicht viel, sie sind nicht gut erforscht. Aber inzwischen weiß ich, es gibt im Universum Blitze mit richtig

viel Energie, die können dort oben einiges durcheinan-
derwirbeln. Und es gibt Blitze hier bei uns. Und irgendwie müssen die mit den Liebesblitzen zusammenhän-
gen. Sema sagt, dass die überall einschlagen können.
Jederzeit. Es gibt aber eben keine Forschung darüber
und deshalb habe ich ...«

»Terri! Wow, wenn du als Erste die Liebesblitze auf-
klärst, kriegst du bestimmt den Nobelpreis! Das ist fast
wie ein Stern in Hollywood.«

Ich muss grinsen. »Sag das mal meinem Papa. Der
würde das garantiert etwas anders sehen ...«

»Weißt du, wer es ist?«, fragt Nina zappelig.

»Im Regal lag ein Geschenk. ›Für Micha‹.«

»Ach, und du meinst der Brinkmann?«

»Na ja, der heißt bei den anderen doch Micha. Nur
Frau Erlemeier sagt Michael zu ihm.«

»Also, der Brinkmann ist echt okay. Finde ich wirklich. Du brauchst zwar keine Nachhilfe in Mathe. Aber
vielleicht hilft er mir mal. Ich hab dann ja besondere
Beziehungen.« Nina lacht, vertieft sich wieder in ihre
Zeitschrift und liest mir die Bastelanleitung für die
ewige Liebe vor. Die ewige Liebe ist auch wie eine Collage. Man braucht: Tonpapier, Karton, Klebebuchsta-
ben, Klebezahlen, Fotos, Zeichnungen ...

Elf

Manchmal denkt man, man hat es gleich geschafft! Man sieht das Familienschild schon vor sich und freut sich drauf. Aber dann – ZACK – stellt einen das Universum auf den letzten Metern vor ganz neue Herausforderungen. Ich war plötzlich selbst wie vom Blitz getroffen – und das war kein Liebesblitz! Im ersten Moment hätte ich mich am liebsten von Padmé Amidala adoptieren lassen. Ich wäre auf jeden Planeten in ihrer Galaxie gezogen. Auch auf die fast unbewohnbaren ...

Paulette wollte längst hier sein. Es ist unser letzter Abend, bevor ich morgen nach der Schule zu Papa wechsele. Ich stehe am Fenster, schaue die Straße entlang, am Eck müsste gleich ihr Auto in die Tiefgarage biegen. Kombis rauschen vorbei, der 163er Bus fährt durch eine alte Pfütze vom letzten Schauer, das Loch in der Straße müsste endlich mal gestopft werden, ein Paketauto hält. Sonst nix. Keine Spur von Mamas Sportwagen. Ich schaue mir gelangweilt auf dem Handy ein paar Videos an, gucke wieder auf die Straße. Nix. Noch ein paar Videos, dann suche ich wieder die Straße ab – und da sehe ich sie. Mama. Sie steht an der Ecke. Mit einer Frau. Ich sehe sie von der Seite. Paulette ist kleiner als die andere Frau. Trotz ihrer Stöckelschuhe. Warum steht sie bei dieser Frau, während ich hier oben auf sie warte? Ich will gerade das Fenster aufmachen, sie rufen, mich beschweren, da beugt sich die andere Frau runter – Paulette schaut sich ganz schnell um – und dann küssen sie sich. Und zwar richtig!

Was ist da los? Ich bin wie hypnotisiert. Ich will das nicht sehen, aber mein Blick klebt auf Paulette. Das passiert jetzt nicht wirklich!? Ich mache einfach die Augen fest zu, zähle bis drei und wenn ich sie wieder aufmache, ist es nie passiert. Eins. Zwei. Drei. Augen auf. In dem Moment dreht sich Paulette um. Ihr Gesicht leuchtet hoch bis zu uns in den vierten Stock. Da durchfährt es mich wie ein Blitz: Micha ist eine Frau!

Dafür gibt es keine Formel. Das war in den Daten nicht erkennbar. Oder habe ich was übersehen? Wie durch einen Teilchenbeschleuniger sausen Forschungsfragmente durch mein Gehirn: Liebesblitze. Immer. 24 Stunden. Unspezifisch. Schäden. Herz. Gehirn. »Rocking Love«.

Alles möglich. Wenige Millisekunden. Hohe Energie. Einschlag nicht vorhersehbar. Nichts mehr, wie es einmal war.

»Terri, chérie! Ich bin da. Hat leider etwas länger gedauert.«

Sie schleudert ihre Stöckelschuhe in den Flur. Mit einem dumpfen Plopp landet ihre Tasche auf dem Boden. Ich höre, wie sie sich aus ihrem Mantel schält, etwas umständlicher als sonst.

Warum ist sie schon da? Wie kommt sie so schnell hier hoch? Meine Sinnesorgane haben sich in den letzten Minuten geweigert zu funktionieren. Habe ich geatmet? Atme ich jetzt? Alle meine Nerven sagen: weg, verschwinden, nicht da sein. Padmé Amidala, rette mich! Ich wünsche mir Außerirdische als Eltern, das wäre gerade einfacher. Wir würden in einer anderen Galaxie leben. Es wäre okay, wenn wir uns nur von gasförmigen Elementen ernähren würden, die man garantiert nicht kochen muss. Ich könnte auch damit leben, wenn wir überall im Universum zu Hause wären. Ich würde meine Fahne in jeden anderen Planeten stecken. Das wäre alles irgendwie erklärbar …

»Terri«, ruft Paulette noch mal.

Wo ist das Universum, wenn man es einmal braucht? Ach, verdammt! Paulette kommt jetzt um die Ecke. Sie sieht nicht aus wie eine Außerirdische, sie strahlt. Und ich bin immer noch hier. Also: ganz tief Luft holen, zwei Schritte Anlauf nehmen – ich schliddere in den Flur ...

»Hallo, Mama.« Sie nimmt mich kurz in den Arm. Wie bei einer Spannungsübertragung stellen sich alle meine Härchen auf. Ich atme tief ein. Inhaliere ihren Geruch. Sie riecht nach Paulette, wie immer.

»Wie war es in der Schule?«, fragt sie und fährt sich mit der Hand durchs Haar. Ich erzähle vom Mathe-Unterricht, von Kunst, irgendwas von Nina. Mein Gehirn läuft auf Autopilot. Ich schaffe es, normal zu antworten, dabei ist nichts normal. Paulette werkelt fröhlich in der Küche herum, durchsucht den Kühlschrank, stellt Butter, Wurst, Käse fürs Abendbrot auf den Küchentresen. Ich schaue ihr dabei zu. Sie hat mich auf die Welt gebracht, mich großgezogen, mir Laufen beigebracht, Pflaster aufgeklebt, Tränen abgewischt ... aber Padmé Amidala ist mir gerade irgendwie näher. Der Blitz hat alles verändert.

»Hallo, hörst du mir überhaupt zu?« Paulette knufft mich in die Seite und lacht mich an. Ich verziehe die

Mundwinkel zu einem Lächeln. Ich weiß nicht, was sie gesagt hat, und auch beim Abendbrot reden wir über irgendetwas, ohne dass ich es wirklich mitkriege. Der Abend geht irgendwie vorbei. Beim Zähneputzen gucke ich auf die Nagellackflaschen.

»Rocking Love«.

Mit Herz-Verschluss.

Später liege ich im Bett und höre sie draußen klappern. Sie hört leise Musik, läuft schwungvoll über den Flur, räumt ihre Schuhe auf, die Absätze fliegen gegen die Schranktür. Im Bad summt sie vor sich hin. Sie kommt bestimmt gleich für den Gute-Nacht-Kuss. Und vor drei Stunden hat sie diese Frau geküsst. Es ist warm, aber ich ziehe die Bettdecke hoch. Ich will verschwinden. Mama kommt rein. Ihr Gesicht leuchtet immer noch. Fast macht sie mein Zimmer ohne Lampe hell.

»Alles okay, chérie?«

»Hhhmmm«, murmele ich in die Decke.

»Wenn du nach der Woche bei Papa wieder hier bist, machen wir was Schönes.«

»Hhhmmm.« Ich stelle mich schlafend.

»Na gut, dann bonne nuit. Ich hab dich lieb.«

Sie beugt sich zu mir. Mein Atem setzt fast aus. Ihre Lippen berühren meine Wange. Sie gibt mir einen Gute-Nacht-Kuss. Es fühlt sich an – wie immer. Dabei ist nichts wie immer.

»Gute Nacht, Mama.«

Zwölf

Kennt ihr das? Irgendwas passiert und von einer Milli-
sekunde auf die andere verändert sich eure Welt. Man selbst
steht irgendwie zwischen der alten und der neuen Welt.
Man weiß, dass alles anders sein wird, aber man weiß noch
nicht, wie. Und man hat absolut keine Ahnung, wie man in
der neuen Welt klarkommen soll. Es ist so, als müsste sich
Padmé Amidala auf der Erde zurechtfinden. Sie wäre auch
erst einmal völlig orientierungslos. Genauso war das bei mir.
Ohne Orientierung fühlt man sich schnell verloren – und das
kann Folgen haben ...

»Timon Ritter. Und wie heißt du?«

»Willst du die kurze Version oder die lange?«

»Die lange natürlich.«

War klar. Ich habe ihm angesehen, dass er sich nicht
mit der kurzen zufrieden gibt. Wir stehen in der Pause auf dem Schulhof zusammen. Er hat mich von der
Seite angequatscht. Als wenn ich das heute gebrauchen

könnte. Steht auf meiner Stirn: Frag mich bitte, wie ich heiße und wie es in meiner Familie so aussieht!? Hat er schon mal was davon gehört, dass man nicht in offenen Wunden bohren soll? Er schiebt seinen Kaugummi demonstrativ von einer Wange in die andere. Plötzlich schnellt seine Zungenspitze aus dem Mund und eine dicke rosafarbene Kaugummiblase spannt sich vor seinem Gesicht. So ein Angeber. Meint wohl, Timon Ritter wäre ein besonders beeindruckender Name. Gut, er hat es nicht anders gewollt. Ich hole tief Luft. Nina guckt mich von der Seite an. Und dann schießt es aus mir heraus: »Theresa Emmanuelle Rosa Rohrbach-Ibrahim.«

In dem Moment platzt die Kaugummiblase. Und Timon Ritters Gesicht wird zu einer rosafarbenen Fratze. Das hat er jetzt davon. Warum kann er mich nicht einfach in Ruhe lassen. Er kratzt mit einem Finger an dem Kaugummirand rum, zieht die rosa Schicht von seiner Nase und steckt sie sich wieder in den Mund.

»Echt?«

Oh, Mann! Echt? Was für eine bescheuerte Frage!

»Ganz echt! Emmanuelle wie meine französische Oma, Rosa wie meine deutsche, Rohrbach wie mein Papa, Ibrahim wie mein Opa, der in Algerien geboren wurde.«

»Aha. Und wie ist das so? Wenn in der Familie …«

»Super Thema. So eine Familie ist wirklich toll. Ich kann nämlich auf der ganzen Welt zu Hause sein. Hier und da und dort, verschiedene Sprachen, unterschiedliche Kulturen, alles kein Problem. Während du wahrscheinlich in deiner Ritterburg bleiben musst. Du Armer!«

Er macht den Mund auf, will was sagen …

»Und jetzt müssen wir los.«

Ich drehe mich um, packe Nina am Arm und ziehe sie hinter mir her.

»Wo kommt der Blödmann denn her!?«

»Er ist neu.«

»Ach, und wieso kennst du ihn schon?«

Nina antwortet nicht.

»Nina?«

»Er ist bei Berki in der Klasse.«

»Ach, und weil er bei Berki in der Klasse ist, findest du ihn gut, oder was?«

»Das hab ich doch gar nicht gesagt.«

»Musst du auch nicht, du hast so geguckt.«

»Ich hab nur einmal ganz kurz mit ihm geredet, Terri! Weil er Berki etwas ausrichten …«

»Wusste ich es doch«, schnaube ich.

Nina steht vor mir, guckt mich verwirrt an. Da klingelt es, wir haben Deutsch. Zum Glück die letzten zwei Stunden für heute.

Die Deutschstunden gehen irgendwie rum. Nina und ich gehen aus der Klasse. Auf dem Flur läuft uns Berki über den Weg. Nina dreht völlig durch. Sie macht an ihrem Pferdeschwanz herum, zieht an ihrem T-Shirt, total affig.

»Hallo.« Sie lächelt Berki an. Voll peinlich.

Berki nickt kurz lässig mit dem Kopf, zieht die Mundwinkel höchstens einen Millimeter nach oben und geht mit seinen Jungs an uns vorbei.

Nina dreht sich noch dreimal nach ihm um.

»Terri! Hast du gesehen, wie er mich angelächelt hat. Er ist so süüüüßßßß. Er ist so ... ach, Hollywood, wir kommen!«

Ich stapfe neben Nina über den Schulhof. Kurz vor dem Schultor kommt uns auch noch Timon Ritter in die Quere. Noch immer Kaugummi kauend.

»Hi, Theresa Emmanuelle ...«

»Halt die Klappe.«

Warum verschluckt er sich nicht einfach an seinem blöden Kaugummi. Ich stapfe weiter. Sehe aus den

Augenwinkeln noch, dass Nina ihn anguckt und die Schulter hochzieht. Dann kommt sie mir hinterher.

»Terri, was hast du gegen ...«

»Gegen Timon Ritter? Alles.«

»Warum? Er ist nett. Er hat sich mit Berki angefreundet und hat gefragt, ob wir uns alle zusammen im Schwimmbad treffen wollen. Das ist doch eine super Idee.«

Mit Nina und Berki und diesem Angeber im Schwimmbad, das fehlt mir gerade noch.

»Ja, ganz tolle Idee! Nina, du bist echt blind und unzurechnungsfähig.«

»Aha, ich bin unzurechnungsfähig ... und was bist du gerade!?«

»Ach, lass mich in Ruhe! Verdammt. Diese blöden Blitze bringen alles durcheinander.« Ich stiefele los, zu Papa, es ist Freitag.

»Terri!!!?????«, ruft mir Nina noch hinterher und ich höre die vielen Fragezeichen hinter meinem Namen.

Butter, Zucker, Eier ... ich haue die Eier an den Schüsselrand, schlage den Schneebesen so wild durch den Teig, dass Spritzer durch die Luft fliegen. Habe ich schon gesagt, dass man sich an Backrezepten festhalten kann, wenn sich um einen herum die Welt ändert? Warum kann Liebe nicht wie ein Backrezept sein? Zutaten rein, gut durchrühren, am Ende kommt was Süßes raus. Ich stehe bei Papa und Sema in der Küche. Zwei Zuhause können auch von Vorteil sein, denn Paulette will ich gerade echt nicht sehen.

»Hui, was sind das für Energien?« Sema kommt mit Tigersocken in die Küche.

»Wieso? Der Teig muss gerührt werden.«

»Gerührt, ja, aber du erschlägst ihn.«

»Quatsch.« Ich schütte das Mehl in die Schüssel und rühre weiter.

»Ich mach mal die Tür richtig auf, damit der Energiefluss wieder stimmt.«

»Hier ist alles gut.« Brumme ich in die Schüssel. »Mein Energiefluss stimmt total.«

»Terri, wenn man Energieblockaden hat …«

»Ich backe einfach Muffins, Sema, ja! Darf ich das?«

»Holla, bin schon weg.« Die Tigersocken schleichen mit Sema aus der Tür.

Den Rest des Tages gehe ich allen aus dem Weg. Beim Abendessen bin ich Gregor heute fast dankbar, dass er zu jeder Position der Basketball-Tabelle eine Geschichte erzählt und ich dadurch unterm Radar fliege. Als alle fertig sind, sage ich »Gute Nacht« und verziehe mich in mein Zimmer. Papa und Sema werfen sich fragende Blicke zu, sagen aber zum Glück nichts.

Ich kuschele mich in die Kissen, wünsche mir Otto her und denke an Nina. Sie weiß nicht, warum ich heute so anders war. Sie weiß nicht, dass der Blitzeinschlag bei Paulette mein Leben völlig durcheinanderwirft, dass ich ein Liebesblitzopfer in der zweiten Reihe bin. Sie weiß das alles nicht. Und ich weiß nicht, was sie dazu sagen wird. Ich schreibe ihr eine Nachricht.

Terri: Paulette hat sich verliebt.

Nina: Weiß ich 🖤 🖤 Deshalb musst du aber nicht gleich ausflippen. Er ist bestimmt total nett.

Terri: Sie.

Nina: Meinst du wirklich, es ist der Brinkmann?

Terri: Sie. Es ist eine Frau.

Nina: Echt?????

Terri: Sie haben sich geküsst.

Nina: Wow!

Dreizehn

Sema kennt ja zu allem einen Spruch. Und einer ihrer Sprüche heißt: »Sobald du die Antwort kennst, ändert das Leben die Frage.« Und, was soll ich sagen!? Genau so war es. Ich stand auf einmal vor ganz neuen Forschungsfragen! Wie findet ein Liebesblitz sein Ziel? Warum schlägt er genau da ein? Gibt es Unterschiede zwischen den Blitzen? Andere Ladungen? Verschiedene Auswirkungen? Ich habe echt überlegt, Forschungsgelder zu beantragen für diese wichtigen, ungelösten Fragen …

Am Samstag sitze ich mit Nina in der Hollywoodschaukel in ihrem Garten. Otto liegt neben mir, seine Schnauze auf meinem linken Oberschenkel. Ich kraule ihn zwischen den Ohren, kämme mit meinen Fingern vorsichtig sein Fell. Nina beißt auf ihrem Strohhalm herum.

»Was hast du gesehen?«, fragt sie.

»Sie haben sich geküsst.«

»Wie geküsst?«

»Geküsst eben.«

»Meine Mama küsst ihre Freundinnen auch zur Begrüßung.«

»Nina. Sie haben sich richtig geküsst.« Otto leckt meine Finger, die ihn kraulen und kraulen und kraulen. Nina ist einen Moment still. Bevor sie was sagen kann, frage ich schnell: »Warum hast du dich in Berki verliebt?«

»Warum? Theresa Emmanuelle Rosa, du kannst echt Fragen stellen!« Nina guckt mich an, lacht und wirft dann hollywoodmäßig die Arme in die Luft: »Weil er Berki ist!«

»Aber warum ausgerechnet er? Es hätte doch auch Adnan sein können oder Severin.«

»Terri!!!« Nina jauchzt laut auf, sodass Otto von der Schaukel springt und sie mit großen Hundeaugen anguckt.

»In Severin könnte ich mich niiiiieeeee verlieben.«

»Er springt aber am besten vom 5er-Sprungturm und kann superlange tauchen.«

»Ja, toll, aber … neeee.« Nina schüttelt sich, wie Otto, wenn er nass ist. Otto kommt das bekannt vor. Er bellt sie freudig an und tänzelt herum.

»Warum denn nicht?«, frage ich.

»Darum halt.«

»Severin …« Nina schüttelt den Kopf, zieht an ihrem Strohhalm, und fragt dann: »Meinst du, sie hat sich echt in die Frau verliebt?«

Ich sage nichts. Verliebt. Mama hat sich in eine Frau verliebt. Wie sich das anhört, wenn Nina das sagt.

»Terri! Hallo!« Nina boxt mich in die Seite. »In Hollywood gibt es ganz viele Schauspielerinnen, die in Frauen verliebt sind. Die laufen in tollen Abendkleidern zusammen über den roten Teppich und sehen total schick aus. Die passen immer so gut zusammen und strahlen und haben richtig Glamour!«

Nina wieder. Glamour. Hollywood. Sie ist wieder voll in einem Liebesfilm. Aber ich sehe Paulette mit dieser Frau Arm in Arm zum Elternabend gehen. Sehe sie in langen Abendkleidern den Schulflur entlangschreiten. Paulette mit roten Fingernägeln. Farbe: »Rocking Love«. Auf Bänken an den Wänden sitzen die anderen Eltern. Herr und Frau Schulz, Herr und Frau Aydin, die Eltern von Paul, die von Esin. Sie drehen ihre Köpfe, schauen Paulette und der Frau nach, tuscheln. Ich sehe, wie Herr Süttorp, unser Direktor, in der Tür vom

Lehrerzimmer erscheint. Sehe seinen Blick. Den ich zu gut kenne. Es ist der gleiche, mit dem er mir meine verhagelten Arbeiten in Religion zurückgibt, weil ich da manchmal was mit den Universum-Geschichten von Sema durcheinanderbringe. Mir wird ganz heiß. Obwohl es den ganzen Tag schon total warm ist.

»Schon gemerkt: Wir sind nicht in Hollywood«, sage ich und stehe auf. Die Hollywoodschaukel schaukelt mit Nina zurück, wieder vor und haut mir in die Knie-kehle. Ich beiße die Zähne fest zusammen, damit die Tränen in den Augen bleiben. Otto wedelt fröhlich mit seinem Schwanz und bellt zweimal kurz. Ich kraule ihm noch einmal sein Fell. Er würde sich beim Eltern-abend gut machen.

Ich mache mich dann auf den Heimweg. Ich muss mir meine Datensammlung noch einmal ansehen. Nina und Paulette zeigen fast die gleichen Symptome – und doch ist alles anders. Zu Hause hole ich mein Notiz-buch aus der Schublade und schlage es auf: *Schusselig, hysterisch, vergesslich, gut gelaunt, unzurechnungsfä-hig, Hollywood, orientierungslos, Konzentrationsschwäche, Nagellack ...*

Passt alles – auf beide.

»Darf man das TerriTorium betreten?«

Papa steht in der Tür.

»Hhhhmmm«, sage ich und klappe mein Notizbuch zu.

»Papa, du sagst immer, alles ist Chemie. Was sagt die Chemie: Warum verliebt man sich in einen Menschen? Alle sind doch total unterschiedlich, woher weiß man, dass es gerade DER ist? Warum verlieben wir uns nicht alle in den gleichen?«

Papa guckt mich verwundert an.

»Was ist denn mit dir los? Wirft dich der Zustand von Nina so aus der Bahn?«

»Ich will es doch nur verstehen! Sie hat gesagt, sie könnte sich nie, nie, nie im Leben in Severin verlieben. Warum nicht? Und warum in Berki? Dabei sind die Symptome bei allen Verliebten doch ähnlich?«

»Du sprühst ja nur so von Gedankenblitzen!«

Hat Papa Blitze gesagt? Er soll mir das mit der Chemie erklären!

»Aber zur Chemie ... – Genau! – ... wir bestehen alle aus Molekülen, aus chemischen Verbindungen.«

»Und wie sehen die aus, diese Verbindungen?«

»Die Moleküle docken aneinander an und setzen Reaktionsketten in Gang. Niemand kann es steuern. Auch Nina nicht.«

»So wenig steuern wie einen Blitzeinschlag?«

»Na ja«, grinst Papa, »die Reaktionsketten sind in der Regel nicht so gefährlich wie ein Blitzeinschlag. Aber vor Blitzeinschlägen kann man sich ja schützen. Forscherinnen müssen aber auch mal Pause machen. Es gibt gleich Abendessen«, sagt Papa.

Man kann sich schützen, hat Papa gesagt! Das ist es!

Vierzehn

Bei meinen Recherchen habe ich gelernt: Es gibt ziemlich viele Wege, über die ein Blitz einen Menschen treffen kann. Durch einen direkten Treffer, einen Kontakteffekt, einen Überschlagseffekt, einen Blitzschritteffekt oder einen leitervermittelten Effekt. Und auch Menschen sind Leiter für elektrische Ladungen, die Ladung kann überspringen, wenn man sich anfasst. Vor normalen Blitzen wird deshalb immer gewarnt und es gibt Schutzmöglichkeiten. Aber was ist mit den Liebesblitzen? Vor denen warnt und schützt uns keiner. Ich sage euch: Um die wirklich wichtigen Dinge muss man sich selber kümmern.

Nach dem Abendessen sitze ich in meinem Zimmer auf dem Bett, das Tablet auf den Knien. Nina und Paulette kann ich nicht mehr schützen, da kommt alles zu spät, aber zumindest ich sollte normal bleiben. »Blitz« und »Schutz« tippe ich in das Suchprogramm. Und finde genau das, was ich suche – Informationen zum Blitzschutz:

»Ein guter Schutz ist ein Faradayscher Käfig – ein nach allen Seiten geschlossener Raum aus leitendem Material, wie Blech oder anderen Metallen. Die Metalle leiten den Blitz um den Raum herum, im Innern ist man geschützt. Ein bekanntes Beispiel für einen Faradayschen Käfig ist das Auto.«

Ein Auto. Super Sache bei Gewitter und normalen Blitzen. Ist für die Liebesblitze aber leider völlig ungeeignet, weil sie ja immer und überall einschlagen können. Ich kann ja schlecht den Rest meines Lebens im Auto verbringen. Aber dann, weiter unten auf der Seite, finde ich plötzlich die Lösung für mein Problem: »Bausätze für Blitzableiter! Blitzableiter haben die Aufgabe, den Blitz vom Objekt wegzuleiten. Der Blitz wird erst eingefangen – und dann umgeleitet. Er kann das Objekt nicht treffen. Informieren Sie sich hier über Fangeinrichtungen und Fangstangen für Ihren eigenen Blitzableiter.«

Perfekt! Eine Fangstange, die den Blitz umleitet!

Am Montag fahre ich nach der Schule mit dem Fahrrad in den Elektro-Markt. Nina habe ich auf später vertröstet. Ich habe erst einmal Wichtigeres zu tun, ich muss mich um einen Liebesblitzableiter kümmern. Ich streife

durch die Regale, finde ganz hinten die Fächer mit Blitz-
ableiter-Bausätzen, verschaffe mir gerade einen Über-
blick über die Bauteile …

»Kann ich dir helfen? Suchst du was Bestimmtes?«

… da steht ein Mitarbeiter in einem grünen T-Shirt
vor mir.

Der soll mal schnell wieder verschwinden.

»Ich hab's schon gefunden, danke!«

»Das sind Bausätze für Blitzableiter.«

»Hmmm. Weiß ich.«

Den kann ich jetzt wirklich nicht brauchen. Ich beuge mich zu den Fächern.

»Was willst du denn damit? Hat dich dein Papa geschickt?«

Länge: 1 Meter bis 3 Meter, steht an einem Fach.

»Gibt's die auch noch kürzer?«

»Was willst du denn mit einer kurzen Fangstange?«

»Oder zum Zusammenschieben? Wie eine Antenne?«

Ich suche zwischen den Fangstangen ein kurzes Ex-
emplar.

»Wenn ihr einen Blitzschutz für euer Haus braucht …«

Ein Haus!? Oh, Mann. Der kapiert auch gar nichts. Es
geht hier ums Überleben! Es geht darum, dass ich normal bleiben muss, wenn alle anderen durchdrehen. Ich

starre auf sein Namensschild und lächele ihn so freundlich wie möglich an.

»Ich komm schon klar, Herr Filippi.«

»Also, es wäre wirklich besser, dein Papa käme mal vorbei. Ich müsste nämlich auch wissen, was für eine Ableitung ihr braucht und wo das Erdungskabel verlaufen soll. Außerdem …«

Okay, wenn er immer mit Papa anfängt: »Herr Filippi, mein Papa kann gerade nicht aus dem Labor. Er ist da an einer ganz wichtigen Sache dran. Er erforscht die Ladungswandlung bei Liebesblitzen und macht eine Studie mit Sema, die einen besonderen Draht zum Universum hat. Er braucht eine Fangstange, um die Blitze einzufangen, damit er sie dann in seinen Generator umleiten kann. Liebesblitze sind bisher sehr wenig erforscht. Wissen Sie!?«

»Aha. Das klingt mir jetzt doch sehr nach …«

»Grundlagenforschung, genau!«

Vom Regal gegenüber winkt bereits neue Kundschaft. Herr Filippi steht da, sein Blick wandert zwischen mir und den Neuen hin und her, er guckt mich streng an, ich lächele und schließlich sagt er: »Ich muss dann mal da drüben bedienen. Aber bring mir hier bloß nicht die Stangen durcheinander.«

»Geht, klar, Herr Filippi.« Ich lächele ihn noch mal an. Ich bin gerettet. Als Herr Filippi weg ist, suche ich eine schöne 1-Meter-Stange raus, nehme noch eine Rolle extrastarkes Klebeband mit. Ich sause mit dem Fahrrad zurück und verstecke die Fangstange erst einmal in meinem Zimmer bei Papa. Dann mache ich mich auf den Weg zu Nina in den Stall.

Als ich ankomme, sitzt Nina etwas angestrengt auf Bronto, Sarah ruft ihr Anweisungen zu und einen Satz mit »nicht so viel wackeln«. Die Konzentrationsstörungen. Ich setze mich an die Wand und will über meine Blitzableiter-Konstruktion nachdenken – da kommt Paul um die Ecke. Seine Mutter ist auch Reitlehrerin im Stall.

»Ich muss bei Blacky was am Huf rauskratzen. Hilfst du mir kurz?«

»Okay, Blacky ist in Ordnung.«

Wenn schon ein Pferd, dann Blacky. Die kleinste Stute im Stall. Ich gebe Nina ein Zeichen und gehe mit Paul in Blackys Box. Während Paul wichtig am Huf herumkratzt, schaue ich in Blackys große Augen. Träumen Pferde auch von einem Stall mit rotem Teppich in Hollywood? Verlieben sie sich? Wie merkt man das bei ihnen? Glitzerlack macht sich Blacky ja nicht auf die Hufe. Dafür schnaubt sie mir aber entspannt ins Gesicht.

»Blacky ist doch ganz ruhig, Paul.«

»Das täuscht. Sie kann superschnell nervös werden.«

»Im Moment sieht das aber nicht danach aus.«

Blacky schiebt mir ihre Schnauze entgegen. Mein neues Tuch, das ich um den Hals habe, interessiert sie. Sie macht ihren Hals lang und will einen Zipfel anknabbern. Ich gehe einen kleinen Schritt zurück.

»Warum reitest du nicht?«, fragt mich Paul vom hinteren, linken Huf.

Ich antworte nicht gleich, gucke in Blackys Augen. Irgendwie habe ich es nicht so mit Pferden.

»Du könntest voltigieren wie Nina«, sagt Paul.

»Nee, danke. Ich brauch kein aufregendes Hobby in meinem Leben.«

»Schade, eigentlich.«

»Nö, ist voll okay. Brauch ich echt nicht ...«

»Ähm, also, ich meine ...«

»Paul, Blacky ist wirklich total entspannt. Ich geh wieder zu Nina in die Halle, okay!?«

»Okay, vielleicht bis später«, sagt Paul und nimmt sich Blackys anderen Huf vor.

Nachdem Nina lange genug auf Bronto herumgeturnt hat, führen wir ihn in den Stall. Aus der Box gegenüber guckt Blacky durch die Gitterstäbe, Paul ist weg. Ob Blacky vielleicht Bronto mag?

»Terri, hallo! Hörst du mir zu? Paul findet dein neues Tuch schön.« Nina kommt mit der Striegelbürste um Bronto herum.

»Was hast du gesagt?«

»Paul findet dein neues Tuch schön.«

»Oh, nein!«

»Doch.«

»Bitte nicht!«

»Was denn? Ich find es ja auch …«

Ich reiße mir das Tuch vom Hals, knülle es zusammen. Bloß weg damit, ich will es nicht mehr haben! Wer weiß: Am Ende ist da irgendetwas eingewebt, das die Blitze anzieht. Mit angewidertem Gesicht drücke ich es Nina in die Hand.

»Spinnst du jetzt?« Nina guckt mich verdutzt an.

»Ob ich spinne? Nina, ich bin die Einzige, die hier noch normal ist. Du kannst es gerne haben! Dich hat der Blitz ja schon getroffen.«

Bronto tritt von einem Huf auf den anderen und schnaubt.

»Terri, reg dich mal ab. Er findet dein Tuch schön. Mehr nicht.«

»Mehr nicht? Das reicht.«

Nina nimmt mein Tuch, bindet es Bronto ans Zaumzeug.

»Hier, Bronto, vielleicht trifft dich ja der Liebesblitz. So ein paar süße Fohlen im Stall fände ich echt schön!« Sie grinst. Ich räume zur Beruhigung schnell ein paar Sachen aus der Box. Ich muss den Blitzableiter bauen. Aber ganz schnell.

Fünfzehn

Papa ist der Meinung, dass wir alle nur ein großer Haufen Moleküle sind und Verliebtsein ein Hormon-Feuerwerk ist. Und es ist echt so, dass bei Verliebten viel mehr Glückshormone durch das Gehirn schwirren. Die wirken wie Aufputschmittel. Wenn man verliebt ist, tun deshalb Schmerzen weniger weh und Wunden heilen schneller – krass, oder!? Die Hormone brauchen aber einen Reiz, habe ich gelesen, einen Impuls, der sie in Gang setzt. Und da habe ich mich schon gefragt, ob es nicht einen Zusammenhang mit den Liebesblitzen gibt, den einfach noch niemand entdeckt hat.

Papa und ich fahren mit den Fahrrädern vom Schwimmbad nach Hause. Auf dem Heimweg rast plötzlich ein Auto an uns vorbei. Der Fahrer hat, kurz bevor die Ampel auf Rot gesprungen ist, Vollgas gegeben. Der Motor röhrt so laut, dass ich mir am liebsten die Ohren zuhalten will, aber das geht auf dem Fahrrad natürlich nicht so gut.

»Der müsste jetzt aber mal schön geblitzt werden«, sagt Papa. »So wie Navid letztens. Der fährt auch gern mal zu schnell.«

Navid ist geblitzt worden. Hängen die Straßenblitzer da etwa auch mit drin?

»Was passiert denn jetzt mit Navid?«

»So 100 Euro kann das schon kosten.«

»Und sonst?«

»Na, wenn er öfter erwischt wird, ist er seinen Führerschein für ein paar Wochen los.«

»Und sonst? Was passiert noch mit ihm?«

»Terri, was soll noch passieren? Das reicht doch. Er hat schließlich niemanden umgebracht.«

Okay, die Straßenblitzer scheinen raus zu sein. Die haben mit dem ganzen Chaos nichts zu tun.

Zu Hause hole ich mein Notizbuch aus dem Rucksack, blättere durch meine Datensammlung. Ein paar Dinge sind absolut klar, aber es gibt auch noch so viele offene Fragen. Warum hat sich Paulette in diese Frau verliebt? Und Nina in Berki? Papa hat gesagt, es gibt Reaktionsketten. Die können offenbar unterschiedliche Auslöser haben und dann kommt das eine zum anderen.

Ich gehe zu Sema ins Wohnzimmer.

»Sema, woran hast du gemerkt, dass du Papa magst?«

Sie hockt im Schneidersitz auf dem Sofa und löst zur Entspannung Rätsel.

»Ich wusste es sofort«, strahlt sie mich an. »Dirk saß draußen an der Hotel-Bar. Ich hab mich neben ihn gesetzt. Ich hab es gleich gespürt, diese Schwingungen!« Sie legt den Rätselblock zur Seite, ich setze mich zu ihr.

»Ich habe ihn unauffällig nach seinem Geburtsdatum gefragt, damit ich das Sternzeichen weiß, und dann auf meinem Zimmer unsere Horoskope verglichen. Es hat alles genau gepasst!«

Semas Augen leuchten, als sie davon erzählt. Sie leuchten so wie Paulette, als sie von dieser Frau geküsst wurde. Ob das Horoskop bei den beiden auch passt?

»Später, als ich auch den Geburtsort und die Geburtszeit von Dirk wusste und unsere Aszendenten ausrechnen konnte, war es so was von klar. Es musste passieren!«

Sie erklärt mir, dass der Aszendent noch viel wichtiger sei als das Tierkreiszeichen. Sie sei Löwe und Papa Widder und das würde so was von passen. Besser ginge es gar nicht. Sie zieht ein Heft aus dem Zeitschriftenkorb und liest vor: »Die Partnerschaft dieser beiden

Persönlichkeiten steht unter einem guten Stern, die kosmische Energie stimmt. Beide können zusammen sehr alt werden.«

»Hm, schön«, sage ich. Nach »Rocking Love« klingt das irgendwie nicht.

Sema erklärt mir dann ganz genau, wie man seinen Aszendenten berechnet, mit Geburtsort und genauer Uhrzeit. Als sie gerade meinen ausrechnet, kommt Papa ins Wohnzimmer.

»Na, was macht ihr?«, fragt er.

»Sema rechnet gerade meinen Aszendenten aus«, sage ich. »Bei euch passen sie zusammen. Eure kosmische Energie stimmt.«

»Sema, wir hatten es doch schon davon, dass du so seltsame Theorien …«

Hoppla, Ladung, Spannung. Da baut sich Reibungsenergie auf.

»Wir hatten es auch schon davon, dass man nicht alles mit deinen Formeln erklären kann, Schatz.«

Sema reibt ihre Socken aneinander. Sie hat heute Pferde an den Füßen und es sieht aus, als würden sich die Pferde küssen.

»Weißt du noch, damals am Strand, abends in der Bar …« Sie lacht Papa an und flüstert mir zu:

»Dein Papa hatte sich gerade noch ein Glas Rotwein eingeschenkt, er war so lustig.«

»Sema!« Papa guckt sie streng an.

»Was denn? Später habe ich dich noch nach deinen genauen Geburtsdaten gefragt. Und ausgependelt habe ich es auch noch. Aber ich wusste von der ersten Sekunde, dass du der Richtige bist.«

Papa verdreht die Augen und setzt sich in den Sessel: »Terri, wir hatten es schon von den Reaktionsketten und Molekülen ...«

Sema vertieft sich wieder in ihren Rätselblock.

»... es gibt Moleküle, die Botschaften überbringen – die Hormone. Und schuld am Zustand von Nina ist Phenylethylamin, das ›Verliebtheitshormon‹. Das setzt im Körper so einiges in Gang: Herzrasen, Hochgefühl, die Synapsen im Gehirn feuern mehr, andere Hormone sorgen dafür, dass der Blutdruck steigt – ist alles Biochemie.«

»Das klingt nach einer Krankheit. Gibt es ein Mittel dagegen?«

»So schlimm ist es auch wieder nicht«, lacht Papa, »außerdem gibt es auch noch das Oxytocin, so eine Art ›Kuschelhormon‹. Das lässt sich alles nachweisen und das pendelt sich auch bei Nina wieder ein. Aber es ist erst einmal ein echter Ausnahmezustand, wenn man sich in einen Menschen verliebt.«

Wenn man sich in einen Menschen verliebt, hat Papa gesagt. Hormonen und Aszendenten ist es also egal, ob Mann oder Frau – ob Michael oder Michaela. Es passiert einfach. So oder so. Und auch ein Liebesblitz unterscheidet da nicht. Er trifft einen Menschen – oft völlig unvorbereitet.

Da es um mich herum aber schon genug Liebesblitzopfer gibt, muss ich unbedingt anfangen, den Blitzableiter zu bauen. Ich gehe in die Küche, hole aus dem Schrank unter der Spüle den kleinen Werkzeugkasten, hoffe, dass mir Gregor im Flur nicht begegnet und doofe Fragen stellt, und verziehe mich in mein Zimmer.

Die Fangstange ist etwas lang, um sie mitzunehmen. Ich nehme die Zange, knipse die Stange in drei Teile, umwickele die Enden mit dünnem Draht, verbinde sie damit wieder und klebe ein paar Schichten Klebeband über die Verbindungen. An den selbst gebauten Scharnieren kann ich die Stange jetzt knicken. An ein Ende kommt noch ein langer Draht …

Etwas poltert vor meiner Tür. Gregor. Er macht wieder Sprungtraining an meiner Fahne.

»Lass das, Gregor!«, rufe ich.

»Was machst du da drin?«

»Geht dich nichts an.«

»Ist das geheim oder was?«

Oh, Mann. Er nervt. Jetzt stört er mich auch noch beim Bau überlebenswichtiger Schutzmaßnahmen. Nächste Woche bin ich wieder bei Paulette. Bis dahin will ich mit meinem Blitzschutz fertig sein. Ich verstecke die Teile in meinem Schrank, schleiche mich an die Tür, reiße sie mit einem Ruck auf.

»Los, hau ab.«

Gregor zuckt zusammen. Er hat durchs Schlüsselloch geguckt.

»Also doch was Geheimes.«

»Ja, genau. Aber du darfst es keinem verraten«, flüstere ich und wechsele die Strategie.

Er guckt mich jetzt mit großen Augen an und hält ausnahmsweise mal seinen Mund.

»Eine große Sache. Wenn es funktioniert, erhöhe ich dein Taschengeld. Aber dafür musst du mich in Ruhe arbeiten lassen.«

»Okay«, sagt Gregor irgendwie beeindruckt.

»Na, ihr zwei. Was heckt ihr aus?« Sema geht über den Flur in die Küche.

Wenn das mit dem Liebesblitzableiter klappt, lasse ich mir den patentieren und verkaufe ihn. Dann bleiben viele Menschen vor Schaden bewahrt.

Sechzehn

»Liebe geht durch den Magen.« Das ist ein anderer Spruch von Sema. Hey, weiß sie, was der Magen ist? Unser Verdauungsorgan. Wie schräg ist das denn! Der Magen zerkleinert unsere Nahrung, vermengt sie zu einem Brei, damit sie ausgeschieden werden kann. Und so wie sich Paulette in den letzten Jahren ernährt hat, kannte ihr Magen ja fast nur Karton-Pizza von Toni. Der war mit anderen Dingen doch völlig überfordert. Ich wollte mir echt nicht vorstellen, was mit der Liebe passiert ist, als sie da durchgegangen ist. Da krieg ich direkt Bauchschmerzen! Gesund klingt das nicht.

Am Freitagmittag habe ich bei Paulette meine Fahne in die Halterung gesteckt, am großen Tisch haben wir dann die nächste Woche besprochen, mit lauter Pflicht-Terminen, um die ich nicht herumkomme: Zahnarzt, Geschenk für Oma Emmanuelle aussuchen, einkaufen. Paulette musste dann noch mal weg, zu einer Besprechung im Büro. Aber ich will eh gleich ins

Schwimmbad und dort meine Forschungen vorantreiben. Nina will mit, obwohl sie gar nicht gern schwimmen geht. Ist ja klar, warum. Sie hofft, dass Berki dort ist.

Ich suche meine Schwimmsachen zusammen. Badeanzug, Handtuch, Kleingeld. In der Garderobe schaue ich nach der großen Badetasche – da liegt auf der Kommode, bei Paulettes gesammelten Karten und Papieren, eine Visitenkarte.

Café Anders – Inh. Michaela Jacob
Dienstag bis Sonntag; 10:00-21:00 Uhr

Michaela Jacob. Das muss sie sein. »Micha«. Sie hat ein Café? Interessant. Das heißt, ich kann sie unauffällig beobachten. Wer weiß, welche Symptome sie so zeigt!? Dienstag bis Sonntag. Heute ist Freitag. Ich schreibe Nina eine Nachricht:

Terri: Sie hat ein Café. Es hat offen.
Nina: Hab eh keine Lust auf Schwimmbad!!!
Terri: Perfekt!
Nina: Muss auch noch in die Stadt. Nagellack-Notstand ☺

Ruckzuck ist klar, dass Nina mich abholt. Kurz darauf sind wir am Café und ich verstecke mich hinter einem breiten Auto. Ich denke an die Liebe und den Magen, während ich das Café auf der anderen Straßenseite beobachte. Nina spaziert gerade an der Eingangstür vorbei. Sie stellt sich an den Kasten mit der Speisekarte, tut so, als lese sie die aufmerksam, zieht schnell ihr Handy aus der Tasche – macht zwei Fotos. Sie dreht sich zu mir um, reckt den Daumen in die Luft.

Oh, Nina! Hampel nicht so rum! Wir sind geheim unterwegs. Undercover.

Ich winke sie rüber. Sie flitzt über die Straße, kauert sich neben mich und atmet schnell.

»Was steht drauf?«, flüstere ich.

»Italienische Suppe, Salat, etwas mit Reis, Gemüsesachen und Kuchen gibt es auch. Total gut. Los, wir gehen rein!« Nina ist vorne schon fast am Auto vorbei.

»Warte.« Ich ziehe an ihrem T-Shirt. »Wir müssen unbedingt ganz normal sein. So normal wie im Mathe-Unterricht. Nein, so normal wie im Schwimmbad. Nein – so normal wie bei euch zu Hause! Wir dürfen auf keinen Fall auffallen …«

»Ja, klar. Ach, ist das aufregend.« Nina seufzt. »Ich bestelle einen Johannisbeersaft, und du?«

»Apfelsaftschorle. Und dann müssen wir viel reden. Das macht man in Cafés so.«

»Kein Problem«, sagt Nina.

Wir drücken uns hinter dem Auto hervor, wechseln die Straßenseite, schlendern unauffällig Richtung Eingang. »Café Anders« – wie auf der Visitenkarte steht es in geschwungener goldener Schrift über der Tür. Ich drücke sie auf, sie geht etwas schwer. Mein Herz klopft nicht so normal, wie ich es gerne hätte.

Michaela Jacob. Ob sie Sport macht? Schwimmt? Gerne tanzt? Lacht sie oft? Mag sie gemütliche Abende? Wenn man ein Café hat, mag man auf jeden Fall Kuchen. Und Menschen, oder?

Wärme, Stimmen und Kaffeegeruch kommen uns entgegen. Eine flauschige, summende Wolke, die einen umhüllt. Einen Moment bleibe ich in der Wolke stehen. Da zieht mich Nina plötzlich rechts an einen kleinen runden Tisch, so plötzlich, dass ich fast über meine eigenen Beine stolpere.

Eine Bedienung kommt.

»Hallo. Wisst ihr schon, was ihr wollt?«

Nina liest wichtig die Karte. Auf einer kleinen Tafel auf dem Tisch gibt es besondere Empfehlungen.

»Eine Apfelsaftschorle«, bringe ich heraus. Die Bedienung nickt und schaut Nina an.

»Ach, ich nehme mal einen großen Johannisbeersaft«, sagt Nina gelangweilt und guckt die Bedienung mit großen Augen an.

Sie übertreibt total. Unauffällig ist echt anders. Ich hätte sie besser ins Kino in einen Liebesfilm geschickt.

»Und wollt ihr auch was essen?« Die Bedienung schaut uns fragend an.

Oh, Mist! Essen!? Das haben wir nicht abgesprochen. Ich schnappe mir panisch die Karte.

»Haben Sie ... Mandelpudding?«, fragt Nina, während sie die kleine Tafel mustert. »Das ist in Spanien ein Nachtisch für Verliebte. Total lecker.«

Was erzählt sie da? Es gab noch nie Mandelpudding bei ihr. Ich will ihr unterm Tisch gegen das Bein treten, erwische zweimal das Tischgestell, hole etwas mehr aus, erwische sie doch ...

»Autsch.« Nina guckt mich verdutzt an.

Ich verdrehe die Augen.

Die Bedienung guckt zwischen Nina und mir hin und her.

»Ähhh, nein, haben wir leider nicht«, sagt sie dann zum Glück nur. »Wir haben einen spanischen Schoko-

Kuchen oder vielleicht mögt ihr einen Obstkuchen, die Zitronentörtchen sind auch sehr gut – alles selbst gemacht ...«

»Dann trinken wir nur was.« Nina zuckt mit den Schultern.

»Okay, bringe ich euch gleich.«

Als die Bedienung weit genug weg ist, zische ich über den Tisch: »Nina, geht's noch!? Nachtisch für Verliebte!?«

»Reg dich nicht auf. Ist mir gerade eingefallen.«

»Ich hab doch gesagt, wir müssen total unauffällig sein.«

»War sie das?«, fragt Nina leise und beugt sich zu mir rüber.

»Nee, sie hatte braune halblange Haare. Nicht kurze blonde.«

Wir schauen uns um. Mehr oder weniger unauffällig. Nina eher weniger. Sie streckt sich, bindet ihren Pferdeschwanz neu, blöderweise flitscht ihr dabei das Haargummi aus der Hand und landet unter dem Nachbartisch. Bevor ich sie stoppen kann, ist Nina von ihrem Stuhl aufgesprungen, kriecht zwischen den Füßen der anderen Gäste herum, die sich zu ihr hinunterbeugen und ihr beim Suchen helfen wollen. Ich hätte auch gleich als Padmé Amidala in das Café laufen können. Ninas Kopf taucht über der Tischkante auf, triumphierend hält sie ihr Haargummi in der Hand. Ich mache ihr Zeichen, damit sie bloß den Mund hält. Irgendwann sitzt sie wieder und ihr Pferdeschwanz auch.

Die Bedienung kommt: »Eine Apfelsaftschorle und einen großen Johannisbersaft.« Sie stellt die Gläser auf dem Tisch ab. »Alles klar bei euch?« Sie schaut uns an.

»Hhhhmmmm«, ich nicke mit dem Kopf. Sie lächelt und geht.

»Wir müssen uns jetzt ganz normal unterhalten«, sage ich zu Nina.

»Kein Problem«, antwortet sie und legt sofort los: »Hast du das kapiert, was die Erlemeier uns vorhin in Deutsch erzählt hat? Du liest doch öfter Bücher als ich. Ich hab das nicht verstanden mit dem Text und was wir damit machen sollen. Wie soll man den denn analysieren, wenn er komplett unverständlich ist … schmeckt gut, der Johannisbeersaft … und die Farbe ist so schön. So eine Farbe wäre auch was für die Schleifen für das nächste Turnier …«

Nina klingt auf einmal sehr weit weg. Ich sitze da, lausche dem Gemurmel der anderen Gäste, rieche den Kaffeeduft, spüre die warme Luft, höre Geschirr klappern und jemanden fröhlich lachen, gerade frage ich mich, ob Michaela wetterfühlig ist …

»… Terri, du musst aber auch mal was sagen.«

»Da.«

»Was?«

»Da ist sie.«

Nina dreht sich mit Schwung um, haut dabei die kleine Tafel um und fegt meine Apfelsaftschorle gleich mit runter. Das Glas zerspringt auf dem Boden, Scherben verteilen sich überall, mein halbes T-Shirt ist klebrig. Ich will mich pulverisieren, einen anderen Bewusstseinszustand annehmen. Nina guckt mich mit offenem Mund an. Oh, verdammt! Sie vermasselt alles mit ihrem Hollywood-Getue! Wir wären besser nie hergekommen. Ich beiße mir auf die Lippen, krame ein altes Papiertaschentuch aus meiner Hosentasche, wische in der Apfelsaftschorlepfütze auf dem Tisch herum.

»Nicht so schlimm.« Ein roter Lappen fährt dazwischen und wischt – ratzfatz – alles weg.

Ich gucke hoch. Die Frau, die Mama geküsst hat, lächelt mich an.

»Das passiert mal, Laura kommt gleich mit einem Besen und kehrt die Scherben zusammen und ich bringe dir ein neues Glas. Geht das mit deinem T-Shirt?«

Ich gucke an mir herunter, nicke nur kurz.

»Okay, bin gleich wieder da.« Sie lächelt immer noch.

Laura, die Bedienung, kommt, drückt mir eine Papierserviette in die Hand, fegt die Scherben zusammen. Ich reibe mit der Serviette wie fremdgesteuert an meinem T-Shirt herum und gucke ihr dabei zu. Als sie weg ist, schubst mich Nina an: »Terri ... Hallo! He, komm mal wieder zu dir. Die ist doch voll nett. Total entspannt. Hat überhaupt keinen Aufstand gemacht.«

»Hmmm«, brumme ich.

Nina redet weiter auf mich ein.

»Nina. Wir gehen«, sage ich. Aber als ich gerade aufstehen will, kommt Michaela mit der neuen Apfelsaftschorle an unseren Tisch. Sie stellt mir das Glas hin und hat einen kleinen Teller mit Pralinen dabei.

»Gibt es zum Probieren. Unsere neue Kreation.« Sie lacht mich an, ich will weggucken, bin aber nicht schnell genug und als sich unsere Blicke treffen, sagt mir irgendetwas, dass sie alles weiß.

Nina steckt sich sofort eine Praline in den Mund. »Hmmm. Schmeckt richtig gut«, murmelt sie durch die Zähne.

»Das freut mich!« Michaela strahlt. »Lasst es euch schmecken.«

Ich will einfach nur weg, trinke mein neues Glas ruck-zuck aus und scheuche Nina zur Kasse an der Theke. Sie zetert herum, stopft sich noch schnell eine Praline in den Mund, macht an der zerknüllten Papierserviette herum und kommt dann endlich mit. Die Bedienung kassiert uns ab. Hinten auf einer Ablage entdecke ich ein Kästchen. Ein Geschenkband mit einem Anhän-ger liegt daneben. Ich kenne das Band, den Anhänger. »Für Micha«. Michaela steht an der Kaffeemaschine, bemerkt, wie ich das Band mustere. Sie hat alles durch-schaut. Ich muss hier raus. Ich ziehe Nina hinter mir her, um die nächste Ecke. Draußen ist die summende Wolke weg. Draußen gibt es nur Nina. Sie redet weiter.

»Hey, Terri, die ist total nett. Ist doch super! Und gute Pralinen gibt es auch. Warum hast du keine probiert? Hier, ich hab dir eine eingepackt!«

Sie drückt mir die verkrumpelte Serviette in die Hand, eine Praline darin. Ich stecke sie in meine Ja-ckentasche.

»Die sind so was von lecker! Und du kannst jetzt je-den Tag welche haben. Cool!« Nina rempelt mich la-chend an.

Ich stapfe weiter. Super, cool. Nee, ist klar. Von we-gen. Auffälliger ging es ja wohl nicht.

»Sie sieht sportlich aus. Und du sagst doch immer, Paulette könnte gut noch ein Hobby haben oder jemanden, mit dem sie zusammen Tanzen geht oder öfter ins Kino ...« Nina plappert weiter. Bei jedem Wort, mit jedem Schritt, graben sich meine Hände tiefer in die Taschen meiner Hose ...

»... und vielleicht geht Michaela ja auch gern ins Schwimmbad. Das ist doch voll praktisch. Warum sagst du nichts? Fandest du sie nicht nett? Also ...«

»Alles praktisch, easy, cool, ja! Nina, halt einfach mal den Mund! Du weißt nicht, wie das ist. Du mit Otto und deiner supertollen Bilderbuchfamilie!« Ich stapfe davon. Nina bleibt stehen – wie vom Blitz getroffen.

Siebzehn

Kennt ihr das? Dass sich schlechte Stimmung ausbreitet wie ein großes Wolkenfeld!? Bei mir zog sich der ganze Himmel zu, die Großwetterlage wurde immer düsterer. Tiefdruckgebiete mit Frontensystemen bestimmten das Klima. In meinem Leben waren auf einmal alle irgendwie wetterfühlig. Ständig war jemand geladen, fühlte sich im Regen stehen gelassen oder wurde von Blitzen getroffen, die die Spannungen verstärkten. Das war auch bei Paulette und mir so ...

Toni sprintet die Treppe hoch.

»Buona sera, Signorina Theresa, einmal wie immer und einmal ›Frutti di Mare‹.«

Er drückt mir zwei Pizza-Kartons in den Arm und ich ihm das Geld in die Hand. Er bedankt sich, wünscht uns einen schönen Abend, dreht sich um – »Toni ...«, sage ich noch, aber er ist schon im Treppenhaus verschwunden.

»Hab's eilig, Terri«, ruft er und »bis bald!«

Schade, ich wollte ihn fragen, ob er den Spruch mit der Liebe und dem Magen auch kennt. Ich bringe die Kartons rein, wir legen die Pizzen auf die großen Teller. Paulette und ich sitzen dann am großen Tisch. Sie will wissen, wie mein Nachmittag noch war.

So als ob nichts wäre. Ich rutsche etwas auf meinem Stuhl hin und her und schiebe mir schnell ein Stück »Vier Jahreszeiten« in den Mund.

»Gut. Ich war mit Nina unterwegs.« Ich kaue. Muss Zeit gewinnen. »Wir wollten ins Schwimmbad, aber Nina geht ja nicht so gern schwimmen ...«

»Ach, ja. Und was habt ihr stattdessen gemacht? Lass mich raten ... ihr wart zur Abwechslung im Stall!« Sie lacht.

Ich schüttele den Kopf.

»In der Stadt«, sage ich zwischen zwei Pizza-Bissen. »Nina braucht ja gerade ständig neuen Nagellack.«

»Das verstehe ich ...« Paulette lacht.

»Wegen Berki.«

Es gibt eine kleine Pause. Mein Körper kribbelt. Ich bin mir sicher: Jetzt sagt sie es gleich. Das ist DIE Gelegenheit. Jetzt sagt sie, dass sie sich ihre Nägel für Michaela lackiert, dass sie auch verliebt ist. Ich habe ihr zwischen zwei »Frutti di Mare«-Stücken eine Showtreppe gebaut. Gleich sagt sie mir, dass es da jemanden gibt …

»Wie läuft es denn mit Nina und Berki?«

»Was?«

»Wie es zwischen den beiden so läuft?«

Falscher Film. Warum stellt sie Fragen? Warum will sie das jetzt wissen? Ich kaue auf meiner »Vier Jahreszeiten« herum.

»Keine Ahnung. Geht so, glaub ich.«

Warum sagt sie es mir nicht?

»Na, das klingt noch nicht nach Hochzeitsglocken.« Sie lacht. »Und was habt ihr in der Stadt sonst noch gemacht?«

Ich soll immer von allem berichten und sie …

»Sachen angeguckt«, sage ich.

»Theresa, mach deinen Mund leer.«

Paulette guckt mich an. Sie sieht nicht aus, als würde sie mir in der nächsten Sekunde irgendetwas Wesentliches aus ihrem Leben anvertrauen. Das hat überhaupt nichts von »Rocking Love«.

»Und wie war dein Tag so?«, frage ich deshalb.

»Ach, ganz normal. Im Büro hat mal wieder ein Kollege genervt.« Paulette schneidet ihre Pizza in große

Stücke. »Das ist aber in dem Fall nichts Besonderes. Dass Detlef nervt, weißt du ja inzwischen«, sagt sie lachend.

»Hm, das ist die Micky Maus-Krawatte.«

»Es ist unglaublich. Obwohl er schon Jahre in der Firma ist, versteht er die Telefonanlage immer noch nicht und schmeißt jedes Mal die Leute aus der Leitung.«

Irgendwie fühle ich mich auch ... aus der Leitung geschmissen. Paulette wurde von dieser Frau geküsst und sagt nichts. Und Nina, die noch nicht einmal Berkis Hand gehalten hat, lebt voll in einem Liebesfilm.

»Er sollte vier Kunden an mich durchstellen, es hat nie geklappt.« Sie schiebt sich ein Stück Pizza in den Mund.

Vielleicht hat der Blitz ja den Kommunikationsbereich in ihrem Gehirn zerstört? Oder hat es was damit zu tun, dass sie sich in eine Frau verliebt hat?

Nach dem Essen drückt Paulette auf der Fernbedienung für den Fernseher herum, klickt sich durch Plattformen und Programme. Sie sucht einen Film, den wir zusammen gucken können. Ich will jetzt nicht neben ihr auf dem Sofa sitzen und verziehe mich in mein Zimmer, höre, wie Paulette den Fernseher ausmacht, lege mich auf mein Bett, mache Musik an und denke an heute Nachmittag: Michaela sieht nett aus. Sie hat keinen Stress wegen der umgefallenen Apfelschorle gemacht. Ihre Augen haben geleuchtet. Sie hat mit allen Leuten gelacht. Wahrscheinlich lacht sie sogar bei Mistwetter und vielleicht ist Paulette deshalb nicht mehr so wetterfühlig. Ich sehe Michaela vor mir, wie sie uns den kleinen Teller mit Pralinen bringt. Die Praline! Ich angele meine Jeansjacke vom Stuhl und ziehe die Serviette aus der rechten Jackentasche. Vorsichtig packe ich die Praline aus und schiebe sie mir in den Mund: ein Viereck aus weißer Schokolade, dunkle Schokotupfer drauf, mit einer fruchtigen Creme gefüllt. Nina hat recht. Die Praline ist richtig gut. Vielleicht stimmt das irgendwie ja doch – das mit der Liebe und dem Magen.

Ich ziehe mein Notizbuch aus dem Rucksack, mache noch ein Feld für Michaela auf:

Symptome Michaela:
* *gute Laune*
... und sonst???

Draußen fängt es plötzlich an zu regnen. Dicke Tropfen prasseln auf das Dachfenster: Mein Blitzableiter fällt mir ein. Mein Liebesblitzableiter, der mich vor diesem ganzen Durcheinander schützen soll. Ich konnte ihn noch nicht weiter bauen, immer kam was dazwischen. Er liegt noch bei Papa in meinem Schrank. Wie ist das überhaupt für Papa? Weiß er es schon? Hat er dafür auch eine Formel? Und was wäre, wenn der Blitz bei mir und Nina eingeschlagen hätte? Könnte ich mich in Nina verlieben? Ich hab keine Pferdeposter an der Wand, reite nicht gern, brauche definitiv keinen Glamour in meinem Leben – und würde auf gar keinen Fall mit ihr nach Hollywood ziehen!!! Sie ist meine Freundin. Ich mag sie. Meistens. Wenn sie nicht gerade wegen Berki total neben der Spur ist. Aber verlieben? Ist doch was anderes. Und das ist ja das Komische: Man kann sich in jeden verlieben, aber man verliebt sich nicht in jeden. Wobei sich Nina gerade auch nicht in mich verlieben würde. Bei der negativen Spannung, die es heute Nachmittag zwischen uns gab. Für sie ist immer alles einfach, total easy das Leben. Hoffentlich ist sie nicht sauer wegen meinem Spruch mit der Bilderbuchfamilie, hoffentlich haut sie nicht gleich nach Hollywood ab und lässt mich hier sitzen.

Ich schicke ihr eine Nachricht:

> Terri: Tut mir leid wegen vorhin. War nicht so gemeint. Gibt sehr nette Bilderbuchfamilien!
> 🖤 Familie Schmidt 🖤
> Nina: Okay. Hab mir meine Familie nicht ausgesucht.
> Terri: Ich auch nicht.
> Nina: Vielleicht geht so was ja in Zukunft!
> Terri: Würdest du dann tauschen wollen?
> Nina: Such mir dann gleich eine in Hollywood ☺
> Terri: Gibt es Hollywood-Schaukeln in Hollywood?
> Nina: Glaub nicht. Zu wenig Glamour ☺ Mit wem würdest du tauschen?
> Terri: Mit Otto.

Paulette guckt rein: »Die Queen sollte jetzt aber schlafen.« Sie setzt sich zu mir ans Bett. »Alles okay?«

»Hm. Ich lese noch ein Kapitel im Buch.«

»Okay, aber dann wird das Licht ausgemacht.« Paulette gibt mir einen Gute-Nacht-Kuss – mit »Frutti di Mare«. In der Tür zieht sie meine Fahne glatt, dreht sich noch mal kurz um. »Wirklich alles in Ordnung?«

»Ja.« Kann ich auch. Wenig sagen.

Sie zögert. Sagt dann aber nur: »Ein Kapitel – und bonne nuit, chérie. Schlaf gut.«

»Ja. Gute Nacht, Mama.«

Ich schreibe Nina noch »Gute Nacht« und mache das Licht aus.

Achtzehn

Blitze sind Entladungsprozesse in der Atmosphäre, habe ich gelesen. In einer Gewitterwolke gibt es positive und negative Ladungszentren und wenn die Ladungsunterschiede zu groß sind, will die Natur Spannung rausnehmen – es blitzt. So wie in einer Gewitterwolke war es auch zwischen Paulette und mir. Paulette war eindeutig positiv geladen. Ich negativ. Auch zwischen uns musste die Spannung wieder raus. Es hat gewaltig geknistert – und dann gekracht.

Am Wochenende hat Paulette immer noch nichts gesagt. Sie war aber auch kaum zu Hause. Ich sollte *ständige Abwesenheit* bei ihren Symptomen ergänzen. Auch sehr spezifisch. Nina ist in der Hinsicht unauffällig. Heute haben wir die erste Stunde frei, irgendeine Lehrerkonferenz. Paulette ist schon unterwegs, Einkaufen, Dinge erledigen und ins Büro. Also trödele ich rum, streife durch die Küche, spiele auf meinem Handy, schicke Nina eine Nachricht:

Terri: Gehen wir nach der Schule in die Stadt?
Nina: Klar! Muss aber auch noch in den Stall.
Terri: Erst Stadt, dann Stall!?
Nina: ☺ ☺ ☺

Ich trottele ins Bad. Waschen, Zähneputzen. Während die elektrische Zahnbürste meine Zähne schrubbt, sortiere ich die Nagellackflaschen, schiebe Paulettes Parfümflaschen hin und her, prüfe die Flauschigkeit der Handtücher. Vor dem Wäschekorb entdecke ich einen zerknitterten Zettel auf dem Boden. Er muss Paulette aus der Hosentasche gefallen sein. Man kann ihn kaum lesen, ständig ist was durchgestrichen.

> ~~Meine liebe Terri~~, liebe Theresa …
> ~~Es fällt mir schwer~~, ich weiß nicht, wie …
> Es ist so, Dirk und ich sind ja schon länger getrennt. Er hat Sema kennengelernt, das ist sehr schön und ich freue mich für ihn. Und du findest Sema ja auch nett. ~~Und jetzt habe ich … du musst wissen.~~ Du wirst immer der wichtigste Mensch in meinem Leben sein. Aber ich möchte, dass du weißt, es gibt da jemanden …

Warum sagt sie es mir nicht einfach? Meint sie, ich verstehe das nicht? Ich lese den Zettel noch einmal – und noch einmal. Ich weiß, dass Papa und sie schon länger getrennt sind, ich weiß, dass er mit Sema zusammenwohnt, ich weiß alles über Liebesblitze, Aszendenten und Chemie – und ich weiß, dass es da jemanden gibt! Michaela. Abgekürzt »Micha«.

Ich streiche den Zettel glatt. So glatt, dass jedes einzelne Wort wieder gut lesbar ist. Ich lege ihn mitten auf den Küchentresen, schreibe »Michaela« und »Ich weiß alles!« darauf, schnappe meinen Rucksack und bin weg.

Während wir zur Schule gehen, erzähle ich Nina von dem Zettel, rege mich über Paulette auf: »Ich bin nicht mehr vier. Ich lebe schon ein paar Jahre bei ihr, hat sie das etwa nicht mitgekriegt? Warum sagt sie mir nichts? Warum schreibt sie so einen blöden Zettel?«

»Sie kann nichts dafür«, sagt Nina. »Das ist wie bei mir mit der Deutsch-Arbeit. Paulette kann auch keinen klaren Satz mehr denken und schreiben. Aber sie hat echt Glück, sie kriegt keine schlechte Note deswegen.«

»Sie hätte aber eine verdient.«

»Terri ...«

»Mündlich ist das eine glatte Sechs. So was von unge-
nügend. Wir würden damit fast sitzenbleiben.«

»Jetzt übertreibst du.«

Ich stapfe neben Nina her. Jetzt nimmt sie Paulette
auch noch in Schutz. Soll sie doch bei ihr einziehen.
Ich hole morgen Otto für den Schulweg ab.

Am Nachmittag sitze ich an der Wand in der Reithalle, während Nina ihre Runden auf Bronto dreht. Sie
übt eine neue Figur, muss sich konzentrieren, deshalb
gibt es gerade mal nichts Neues aus Hollywood. Ich
sitze da, gucke abwechselnd auf mein Handy und auf
meine Uhr. 16:10 Uhr, 16:13 Uhr, 16:15 Uhr, 16:16 Uhr,
16:17 Uhr … Paulette müsste bald zu Hause sein. Mein
Finger malt Schlangenlinien in den Sand des Hallen-
bodens. Vielleicht hätte ich den Zettel einfach auf dem
Boden liegen lassen sollen. Wegen der Privatsphäre
und so. Vielleicht hätte ich so tun sollen, als hätte ich
ihn nie gesehen. Aber andererseits … Sie kann nichts
dafür, hat Nina gesagt. Pah. Kann sie wohl! Sie kann
doch mit mir reden.

»Klappt gut mit der neuen Figur, was!« Nina springt
von Bronto und hüpft auf mich zu.

»Ja, nicht schlecht«, sage ich.

»Terri, du hast gar nicht hingeguckt. Ich war noch total wackelig.«

»Ach, echt?«

»Ja, echt.« Nina grinst mich an. Sie streckt mir eine Hand hin, die neue Farbe auf ihren Nägeln leuchtet, sie zieht mich hoch, wir bringen Bronto in seine Box. Ich gucke zu, wie Nina Brontos braunes Fell striegelt, ich verfolge ihre gleichmäßigen Bewegungen. Das beruhigt. Vielleicht hat ja ein Windstoß den Zettel weggeweht. Gerade als ich mit Nina an Brontos andere Seite wechseln will, piept mein Handy. Eine Nachricht von Paulette:

Paulette: Ich weiß, du bist mit Nina unterwegs. Ich bin zu Hause. Ich glaube, wir müssen reden.

Ich starre auf das Display.

»Paulette?«, fragt Nina.

Ich nicke, zeige ihr die Nachricht.

»Da hat sie recht«, sagt sie.

»Womit? Dass ich mit dir unterwegs bin?«

Nina rollt mit den Augen. »Terri, sei nicht so.«

»Wie? So?«

»Sie will mit dir reden.«

»Bin schon ganz gespannt …«

Ich stehe noch etwas mit Nina in Brontos Box herum, gucke ihren gleichmäßigen Bewegungen auf der anderen Seite des Pferdes zu. Aber das mit der Beruhigung funktioniert auf einmal nicht mehr. Ich sehe den zerknüllten Zettel vor mir, lese noch einmal die Nachricht von Paulette. Ich werde immer kribbeliger, halte es irgendwann nicht mehr aus, setze mich aufs Fahrrad.

Paulette sitzt am Küchentresen, als ich hereinkomme. Sie guckt mich mit nervösen Augen an, ihr Lächeln ist etwas schief.

»Hallo, chérie.«

»Hallo.«

Ihre Finger spielen an dem Zettel herum.

»Der muss mir rausgefallen sein.«

»Hmmmm …«

Sie nimmt meine Hand, will mich zu sich ziehen. Ich will aber nicht und ziehe meine Hand zurück. Es ist kurz still. So still, dass das leise Sirren des Kühlschranks wie ein riesiger Schwarm Grillen klingt. Bis Paulette vorsichtig fragt: »Woher weißt du es?« Ihre Stimme wackelt ein bisschen.

»Ich habe euch vom Fenster aus gesehen.«

»Letztens …?«, fragt sie.

»Ja.«

Letztens. Ist das jetzt wichtig? Muss sie jetzt wissen, wann es war? Warum stellt sie überhaupt schon wieder Fragen? Wollte sie nicht mit mir reden? In mir braut sich etwas zusammen. Mein Atem geht schneller. Wir müssen reden! Und? Ich warte. Wenn sie nicht gleich etwas sagt …

Ich gucke sie an, sie spielt noch immer an dem Zettel herum. Sagt nichts. Da entlädt sich alles: »Warum hast du mir nichts gesagt? Warum soll ich das nicht wissen, Paulette? Ich soll dir immer alles erzählen, wie die Woche bei Papa war, wie es mit Nina war. Und du!? Du sagst mir nichts! Gar nichts. Warum? Wenn ihr Erwachsenen was davon habt, dann ist man groß und vernünftig. Aber sonst müsst ihr uns ja nicht ernst nehmen, oder!? Weißt du, wie sich das anfühlt? Papa hat bei Sema doch auch kein Geheimnis daraus gemacht. Warum du? Warum redest du nicht mit mir? Das ist nicht nur deine Sache, deine Privatsphäre. Das geht auch mich was an, Paulette! Alles ist anders – und du sprichst nicht mit mir. Das ist total unfair. Du bist unfair!«

Sie greift wieder nach meiner Hand. Ich wehre mich nicht. In mir ist keine Spannung mehr. Paulette zieht mich zu sich, nimmt mich in den Arm. Ich schluchze kurz auf. Es ist wie ein leises Donnergrollen, wenn ein Gewitter weiterzieht. Sie hält mich im Arm, als wenn sie sich an mir festhalten müsste. Ihre Haut ist ganz warm. Dann fängt sie leise zu erzählen an: »Weißt du, ich war selbst so überrascht. Ich wollte es erst nicht glauben und war total durcheinander. Ich brauchte Zeit. Und dann wusste ich nicht, wie du reagieren würdest. Ich hatte Angst. Angst, es dir zu sagen. Angst, dass du dich abwendest, dass du mich nicht mehr ...«

Paulette schluckt. Sucht nach Worten. Ich wage kaum zu atmen.

»... ich wollte und will dich nicht verletzen, Terri. Ich will dir nicht wehtun. Aber diese anderen Gefühle waren auf einmal auch da. Es war alles so neu, da waren so viele Fragen. Da sind immer noch so viele Fragen. Aber egal, was passiert – du wirst immer der wichtigste Mensch für mich sein ...«

Irgendwann lässt mich Paulette los. Erschöpft.

»Ich wusste es eh schon die ganze Zeit«, sage ich nach einer Pause.

»Was?«, fragt Paulette etwas verwirrt.

»Dass du verliebt bist.«

Sie schaut mich mit großen Augen an und während sie uns was zu trinken eingießt, hole ich mein Notizheft.

»Beweis 1: Statistik über deine Laune im Verhältnis zum Wetter. Trotz Mistwetter warst du total oft gut gelaunt, du hast sogar gesungen. Beweis 2: Häufigkeit von Schusseligkeit und Vergesslichkeit. Der Lippenstift in der Mikrowelle, das Chaos an der Kasse ...«

Ich präsentiere meine Beweise. Alle.

Paulette hört mir zu. Sie guckt mich an, meine Aufzeichnungen, wieder mich. Irgendetwas an ihrem Blick ist anders. Sie guckt mich an, als wäre ich gerade von einem anderen Stern in der Küche gelandet, als wenn ich ein fremdes Wesen wäre und sie mich zum ersten Mal sieht. Dann sage ich: »Ich glaube, sie ist nett. Und sie kann kochen, oder!?«

»Wieso, woher weißt du ...!?« Paulettes Mund steht offen.

Ich erzähle ihr von dem Geschenk im Regal, der Visitenkarte, dem Undercover-Besuch im Café. Sie hört zu, muss manchmal grinsen, und als ich bei der Stelle bin, bei der Nina meine Apfelschorle vom Tisch gefegt hat, prustet Paulette los.

Wir lachen und lachen und ich denke: Da gibt es jetzt wieder jemanden. Und an dem Namen hängt noch ein A dran. Na und.

Neunzehn

Kennt ihr das? Wenn Sachen ausgesprochen sind, sind sie oft gar nicht mehr so schlimm. Nachdem alles gesagt war, konnte ich mich in der neuen Welt schon besser zurechtfinden. Für Papa war eh alles kein Problem – die Chemie! Und Sema feiert ja immer mit einem Spruch das Leben und die Liebe. Die Wetterlage hatte sich beruhigt – dachte ich zumindest. Aber gar nicht weit entfernt braute sich schon wieder ein Gewitter zusammen.

Am Freitag setzt mich Mama bei Papa ab, ich stecke meine Fahne in die Halterung, sage Sema »Hallo«, blitze Gregor kurz an, damit er keinen Mist baut, und sause mit dem Fahrrad los. Ich bin mit Papa im Schwimmbad verabredet. Er kommt direkt aus dem Labor dorthin.

Als ich aus der Umkleidekabine zu den Becken laufe, sehe ich ihn schon Bahnen ziehen. Ich laufe weiter zu den Sprungtürmen, steige die Leiter zum Dreimeterbrett hinauf. Oben wippe ich ein paarmal, spüre das federnde Brett unter meinen Füßen – und springe. Der Wind saust an meinem Körper vorbei. Es fühlt sich frei und luftig an. Unter Wasser schwebe ich – und meine Haare wie tanzende Wasserpflanzen über mir. Wenn ich die Augen aufmache, sehe ich das Glitzern des Wassers und die vielen bunten Punkte der Badeanzüge und Badehosen. Sie erinnern mich an meine Collage. Ich habe Geschäftsmänner mit Aktentaschen aus den Zeitschriften ausgeschnitten, Männer an Computern, Männer aus Parfümwerbungen – ich muss tief in mir drin grinsen, als ich daran denke. Ich habe mir Gedanken über ein getöpfertes Türschild gemacht und jetzt ist alles ganz anders. Aber wie wird es wohl mit Michaela? Wann lerne ich sie so richtig kennen? Sema war ja einfach irgendwann da. Ganz ohne großes Tamtam stand sie irgendwann neben Papa, als wenn sie schon immer da gestanden hätte. Papa. Wo schwimmt er gerade? Ich stoße mich mit den Füßen am Beckenboden ab. Er weiß es seit ein paar Tagen, seit Mama mit mir reden wollte, durfte aber nichts sagen.

Als ich auftauche, kraule ich an seine Seite, wir ziehen nebeneinander ein paar Bahnen. Jeder denkt so vor sich hin. Wir schwimmen zusammen alleine. Ich drehe mich für eine Bahn auf den Rücken, gucke in den blauen Himmel. Keine Wolke weit und breit. Nach zwei weiteren Bahnen machen wir Schluss für heute, ziehen uns um, schieben die Fahrräder nach Hause, die warme Luft trocknet die Haare.

»Wie geht es dir denn?«

»Gut.« Ich lache ihn an.

»Wirklich?« Er schaut zu mir rüber.

»Ja, wirklich. Wir sind zwar nicht in Hollywood, wo viele Frauen-Paare über den roten Teppich laufen – macht aber nix.«

Papa grinst leicht.

»Und bei dir?«, frage ich.

»Alles gut.«

»Wegen der Reaktionsketten?«

»Weil es passiert. So oder so. Ich habe mir nur Gedanken um dich gemacht.«

»Zu viele Gedankenblitze?« Ich grinse und erzähle ihm von den Liebesblitzen und MEINEN Forschungsergebnissen und Statistiken.

»Ach, deshalb die vielen Fragen nach dem Wetter und Paulettes Launen.« Papa muss lachen. »Klingt schwer nach Nachwuchs-Forscherin. Die Ergebnisse musst du mir zu Hause mal zeigen.«

Am nächsten Tag trödele ich morgens rum. Sema und Papa suchen auf dem Flur schon Einkaufstaschen zusammen, sie wollen in die Stadt. Ich liege noch auf dem Bett, lese in meinem Buch. Sema kommt noch mal in mein Zimmer. Sie drückt mir einen Kuss auf die Stirn. Das macht sie sonst nie.

»Wo die Liebe hinfällt ... es ist gut so«, flüstert sie und strahlt mich an.

Ich will mir jetzt nicht vorstellen, wie und wo die Liebe hinfällt. Unfälle gab es in meinem Leben genug in letzter Zeit. Ich konzentriere mich auf das »es ist gut so« und strahle zurück.

Als die Wohnungstür hinter Sema und Papa zufällt, sehe ich aus den Augenwinkeln Gregor auf den Flur kommen, er nimmt Anlauf und springt an meiner Fahne hoch.

»Gregor, du sollst das lassen!«

Er kommt an meine Zimmertür. Steht da einen Moment.

»Was ist?«, frage ich.

»Bist du jetzt öfter hier?«

»Warum soll ich öfter hier sein? Damit du mich öfter nerven kannst?«

»Weil Paulette nicht mehr so viel Zeit für dich hat.«

»So ein Quatsch. Du bist doof, Gregor. Lass mich in Ruhe.«

Er bleibt in der Tür stehen. Guckt mich komisch an.

»Leon sagt, seine Eltern finden so was nicht gut.«

»So was?«

»Das mit Paulette.«

»Aha. Weißt du was, dein Leon hat keine Ahnung! Er kapiert es einfach nicht. Er versteht nix von Liebesblitzen. Woher auch? Und was geht seine Eltern das überhaupt an!? Und jetzt raus aus meinem Zimmer.«

Gregors Mundwinkel zucken, als wenn er noch was sagen will, aber er dreht sich um und geht. Leons Eltern! Was müssen die sich da einmischen.

Am Montag hole ich Nina morgens ab. Auf dem Weg zur Schule erzähle ich ihr von dem Gespräch mit Paulette und dem blöden Spruch von Leons Eltern.

»Ach, mach dir nichts draus«, sagt Nina. »Das geht die nichts an.«

»Genau. Ich lass mir das von denen nicht kaputtmachen. Wer weiß, von welchem Planeten die kommen – auf jeden Fall voll hinter dem Mond.«

Als wir Richtung Schultor kommen, benimmt sich auch Nina wieder wie von einem anderen Stern.

Sie trippelt von einem Fuß auf den anderen wie ein nervöses Turnierpferd und wirft ihren Pferdeschwanz hin und her. Berki hängt mit ein paar coolen Jungs vor dem Haupteingang herum.

»Ich muss unbedingt den ewigen Kalender fertig machen!«, sagt Nina.

Vom hinteren Tor kommen Paula und Aylin. Nina winkt ihnen zu, total überdreht. Ihre Symptome werden immer heftiger. Sie will Aylin zur Begrüßung umarmen, stolpert fast über ihre Füße und stößt einen spitzen Schrei aus.

»Nina, komm mal zu dir.« Ich packe sie am Arm.

»Ich bin ganz da, alles gut. Für den roten Teppich muss ich noch üben.« Sie lacht. Etwas zu laut.

Berki guckt kurz rüber. Aber man weiß nicht genau, wohin. Irgendwie sind bei ihm keine Symptome erkennbar. Er bleibt ruhig stehen, wenn Nina in der Nähe ist. Er hampelt nicht rum, dreht kaum den Kopf, verzieht die Mundwinkel nur minimal. Ich habe gelesen, dass es Blitzopfer gibt, denen man äußerlich gar nichts anmerkt. Sie hatten keine Auffälligkeiten, aber bei Untersuchungen haben Ärzte schwere Folgen im Körper festgestellt. Kann man vom Liebesblitz getroffen sein und keiner merkt was?

Zwanzig

Meine Forschung wurde jetzt vor eine neue Herausforderung gestellt. Die Ausprägungen der Symptome entwickelten sich immer weiter auseinander. Während sich die Verhaltensauffälligkeiten bei Paulette normalisierten, wurden sie bei Nina nicht besser – und Berki war eh ein Sonderfall, der hatte schließlich gar keine Symptome. Nina hat das total ungeduldig gemacht, sie wollte unbedingt wissen, wie es mit ihr und Berki weitergeht, und hat sehnlichst auf ein Zeichen vom Universum gewartet. Das nimmt aber nicht mit jedem Kontakt auf – und steckt voller Überraschungen!

Es ist Donnerstag und seit dieser Woche hängt an der Eingangstür zur Schule ein Schild:

Sternwarte auf dem hinteren Schuldach
Öffnungszeiten Mittwoch bis Samstag
16:00 – 22:00 Uhr
Ansprechpartner: Herr Martini

Da Berki weiter keine Symptome zeigt und immer noch nicht viele Worte mit ihr gewechselt hat, will Nina unbedingt wissen, ob das Universum auch bei ihr und Berki seine Finger im Spiel hat, und wie ihre Sterne stehen. Also haben wir uns am späten Nachmittag an der Sternwarte verabredet. Wir laufen die Treppe hoch, klingeln an der Tür, Herr Martini macht auf.

»Guten Tag«, sagen Nina und ich gleichzeitig.

»Hallo. Für die Sternenbeobachtung seid ihr ein bisschen zu früh. Es ist noch sehr hell«, sagt er.

»Dürfen wir trotzdem schon gucken?«, frage ich.

»Wir haben einen Forschungsauftrag«, sagt Nina wichtig.

»Na, wenn das so ist. Nachwuchs-Forscherinnen muss man unterstützen.« Herr Martini lächelt uns an, führt uns über eine kleine Wendeltreppe in die Kuppel, zu einem großen Teleskop. Er zeigt uns, wie wir uns am besten hinstellen, erzählt uns was von Brennweiten und Vergrößerungen und schwärmt von der Milchstraße, in der es Milliarden über Milliarden Sterne gibt.

»In Hollywood gibt es auch eine Straße mit Sternen«, ruft Nina, während sie durch das Teleskop guckt.

»Klar«, lacht Herr Martini, »die Milchstraße sieht man auch von Hollywood aus.«

»Die richtig berühmten Schauspielerinnen kriegen dort einen Stern mit ihrem Namen drin. Das wär es doch, Terri! Ich mit Berki in Hollywood auf der Sternenstraße. Glamour pur!«

Herr Martini verzieht das Gesicht. Anscheinend begeistern ihn die Sterne in Hollywood nicht so wirklich. Er erzählt uns stattdessen etwas von den Staubwolken der Milchstraße, die man abends gut sehen kann.

Nina kneift jetzt immer wieder ihre Augen zusammen, sie guckt mich an, zieht die Schultern hoch, guckt wieder durch das Teleskop.

»Kann man auch Blitze erkennen?«

»Wieso Blitze?«, fragt Herr Martini.

»Für unseren Forschungsauftrag natürlich«, murmelt Nina und drückt ihr Gesicht noch fester an die Gummiringe am Teleskop.

»Na ja, bei einem Gewitter oder bei Wetterleuchten könnt ihr natürlich auch Blitze sehen.«

»Liebesblitze können immer einschlagen, auch ohne Gewitter«, sage ich.

»Und deshalb muss doch das Universum irgendwie dafür verantwortlich sein ...«, sagt Nina.

»Wofür verantwortlich?« Herr Martini lacht jetzt nicht mehr.

»Für Berki«, sagt Nina.

»Für Paulette und Michaela«, sage ich.

»Für die Liebesblitze«, sagt Nina und guckt weiter angestrengt durch das Rohr.

»Sie sind noch nicht gut erforscht«, sage ich.

Herr Martini sieht jetzt gar nicht mehr freundlich aus.

»Also, ihr verwechselt da gewaltig was. Ihr geht mit eurem Forschungsauftrag mal besser zu einer Wahrsagerin oder so. Immer soll das Universum für alles verantwortlich sein. Das ist ja nicht mehr zum Aushalten.«

»Sema ist sich da aber ganz sicher«, sage ich. »Und sie hat einen wirklich guten Draht zum Universum.«

»Wenn das eure Lehrerin ist, weiß ich nicht, was die an der Schule verloren hat«, poltert Herr Martini. »Und jetzt zischt ab. Ihr braucht euch erst wieder blicken lassen, wenn ihr wirklich Sterne beobachten wollt.«

Herr Martini scheucht Nina vom Teleskop weg. Er zieht einen weichen Lappen aus seiner Hosentasche, wischt damit über das Gerät, kontrolliert alle Einstellungen. »Heute ist hier Schluss für euch«, sagt er sehr bestimmt.

»Na, tolle Unterstützung für Nachwuchs-Forscherinnen«, brummt Nina.

Wir müssen uns auf die Lippen beißen, kriegen irgendwie noch ein »Tschüss« raus, rennen die Treppe runter und prusten los.

Als wir uns wieder beruhigt haben, setzen wir uns auf die kleine Mauer vor der Schule. Da zieht Nina plötzlich eine Zeitschrift mit Horoskopen aus ihrem Beutel.

»Ich weiß jetzt, was Berki ist. Er ist Jungfrau.« Sie blättert zum aktuellen Monats-Horoskop der Jungfrau.

»Und, was steht da?«, frage ich.

Nina grinst – und liest wie eine Hollywood-Schauspielerin vor: »Bei Liebe steht: Singles knüpfen Kontakte und können einen passenden Gefährten finden. Die Sonne bringt Schwung in Herzensdinge.«

»Oha! Ist doch ganz in deinem Sinn. Und was steht bei dir?«

Sie überfliegt die Zeilen hinter ihrem Sternzeichen.

»Oh, Wahnsinn! Da steht: Wassermänner gehören zu den Glückskindern in Sachen Liebe und Romantik. Singles treffen ihren Traumpartner. Das ganz große Gefühlskino ist möglich!« Nina gibt mir einen Schubs, dass ich fast von der Mauer kippe. »Ich wusste es! Das wird unser Monat, das passiert alles um Berkis Geburtstag herum. Terri, es könnte nicht besser laufen!«

Sie guckt in den Himmel, als wenn sie dem Universum dafür danken wollte.

Am Abend stehe ich bei Sema in der Küche, schäle Gemüse und erzähle ihr von unserem Besuch in der Sternwarte.

»Nina wollte gucken, wie die Sterne für sie und Berki stehen. Herr Martini war davon nicht begeistert.«

Sema grinst mich an.

»Auch wenn Herr Martini Sterne beobachtet. Es hat nicht jeder einen Draht zum Universum.«

Ich schäle weiter, Streifen für Streifen.

»Sema, wie war das, als wir uns zum ersten Mal getroffen haben?«

»Ich war aufgeregt.« Sema schaut mich an. »Ich wollte, dass wir uns verstehen.«

»Echt?«

»Ja, klar! Meinst du, ich hätte hier ständig schlechte Stimmung in der Wohnung haben wollen. Ich muss ja immer schon dafür sorgen, dass sich meine Haustiere im Schrank alle gut verstehen. Da brauchte ich wirklich nicht noch eine Baustelle zu Hause.« Sema grinst und flüstert dann verschwörerisch: »Aber die Sterne standen gut für uns.«

Ich schaue sie an. Sie zwinkert mir zu. Manchmal weiß ich nicht, ob sie nicht ein bisschen übertreibt mit ihren Universum-Geschichten. Egal. Ich schäle weiter und spüre plötzlich, wie mein Herz klopft. Morgen soll ich Michaela kennenlernen. Hoffentlich geht diesmal nichts schief.

»Na, ihr zwei.«

Papa kommt zur Tür rein. Ich umarme ihn, spüre den Laborschlüssel in seiner linken Hemdtasche. Hoffentlich stimmt die Chemie zwischen Michaela und mir. Dann brauchen wir nur noch eine Formel für das Zusammenleben auf dem neuen Planeten. Vom Flur kommt plötzlich ein dumpfes Geräusch. Zwei Füße sind schwungvoll auf dem Boden gelandet. Ich muss mich um meine Fahne kümmern.

Einundzwanzig

Glaubt ihr eigentlich an Horoskope? Ja, nein, manchmal? Ir-
gendwie sagen die doch nie, wie es genau ausgeht. »Gefühls-
kino, glückliche Stunden, passender Partner« – was heißt das
denn? Und man kann sich ja auch überhaupt nicht darauf
verlassen, dass es dann so kommt. Ich sage euch, wenn die
Liebesblitze euer Leben auf den Kopf gestellt haben, gibt es
dafür kein Horoskop. Da bleibt nur: sich der Herausforde-
rung stellen und alles selbst steuern.

Paulette tigert durch die Wohnung, sie kann nicht
ruhig sitzen bleiben, immer wieder räumt sie ihren
Schlüssel von hier nach da, wirft sich mal das eine, mal
das andere Tuch um und lächelt mich immer wieder
an. Sie ist total neben der Spur. Heute ist DER Tag. Ich
treffe Michaela und diesmal nicht undercover. Wir haben als Treffpunkt unser Eiscafé ausgemacht. Eine Art
neutraler Planet.

Nachdem Paulette zum x-ten Mal kontrolliert hat, ob sie ihren Schlüssel jetzt auch wirklich eingepackt hat, gehen wir los. Paulette erzählt mir irgendetwas – ich lasse sie reden. Ich muss an den Café-Besuch von Nina und mir denken. An das Chaos, an die Apfelsaftschorlepfütze, an das kaputte Glas, an Michaelas Lachen, ihren Blick. Ich sehe Nina vor mir, wie sie rumhampelt und unter den Stühlen ihr Haargummi sucht, so was von auffällig. Paulette wird plötzlich noch unruhiger, sie zupft an ihrem T-Shirt herum, wirft mir ständig Blicke zu … wir sind da.

»Hallo!« Michaela hat schon auf uns gewartet, sie steht vor mir, strahlt mich an.

»Jetzt ganz offiziell: Michaela.« Sie hält mir die Hand hin.

»Hallo.« Sie ist warm und fest, ihre Hand.

Ich gucke ihr kurz in die Augen. Sie zwinkert mir leicht zu. Paulette und sie lächeln sich an. Wir setzen uns, bestellen Kaffee und für mich ein Spaghetti-Eis.

Michaela fragt mich nach der Schule, nach dem Schwimmbad und nach Nina, sie fragt nach meiner Woche, ganz ohne Ritual. Sie sagt nichts über den Chaos-Besuch im Café, sondern will wissen, welche Bücher ich lese und was ich am Backen mag. Ich erzähle ihr, dass Backrezepte so schön strukturiert sind, zögere kurz, und sage noch: »Sie können einem Halt geben.«

Michaela nickt: »Ich weiß.«

Woher weiß sie das, frage ich mich kurz, da müssen wir über unsere Gemeinsamkeit schon lachen – und Mama lacht mit, obwohl sie von Backrezepten absolut keine Ahnung hat.

Als in meinem Spaghetti-Eis-Becher nur noch eine kleine Pfütze Vanilleeis steht, sagt Michaela: »Ich habe letzte Woche im Café eine alte Kuchenform gefunden. Vielleicht hast du ja Lust, mal was Neues auszuprobieren.«

Wir bezahlen, gehen eine Runde durch die Stadt, schlendern zu ihrem Café. Mama guckt mich und Michaela immer wieder an, geht mal rechts, mal links von mir. Ich versuche dabei, die Orientierung nicht zu verlieren und halte mich eher an Michaela. Das klappt gut. Ab und zu lächelt sie Paulette an.

Als wir am Café sind, führt mich Michaela in die kleine Küche. Sie zeigt mir Kuchenbleche, Pralinenförmchen, Backutensilien – und legt die alte Kuchenform und ein Buch vor mich hin.

»Es war eins meiner ersten.«

Sie blättert in dem Buch. Die Seiten sind ganz abgegriffen, auf manchen sind kleine Fett-Spritzer drauf. Bei fast jedem Rezept hat Michaela Bemerkungen an den Rand geschrieben, die Zutaten leicht verändert, Backzeiten korrigiert.

»Ich wollte es dir nicht gleich mitbringen, dich nicht damit überrumpeln. Aber ich glaube, es könnte dir gefallen.«

Ich schaue sie von der Seite an. Das klingt gut. Das klingt nach Raum. Wir studieren zusammen noch ein paar Rezepte, Michaela packt die Sachen dann in eine Stofftasche und wir gehen ins Café. Laura lacht mich an, die Bedienung.

»Eine Apfelsaftschorle?«

Ich nicke.

»Ich mache dir ein großes Glas«, sagt sie.

Paulette und ich sitzen an der Theke, wie Stammgäste. Michaela macht Kaffee, um uns herum wird geredet und gelacht. Es ist warm. Bis jetzt lief alles super, Michaela ist echt nett, sie erzählt zwischendurch von ihren ersten Backversuchen und wie schrecklich misslungen die Kuchen waren. Selbst darüber lacht sie. Jetzt geht sie noch mal in die Küche und kommt mit einem Teller mit Pralinen zurück. Sie hat wieder neue ausprobiert.

Diesmal welche mit viel Schoko außen und innen. Mir fällt der Nagellack bei uns im Bad ein – Farbe: »Chocolate Cakes«. Ich gucke auf Michaelas Nägel, sie hat gar keinen Lack drauf. Als der Teller leer ist, wird Paulette unruhig. Sie streckt kurz die Hand nach Michaela aus, zieht sie wieder zurück, wirft mir verstohlen einen Blick zu. Michaela sagt, sie muss noch was mit Laura besprechen. Aber ich glaube, sie will uns einfach alleine lassen. Wir verabschieden uns.

»Bis bald, Terri«, sagt sie. »Und wenn du Fragen zum Backen hast, du weißt ja wo ...«

»Ja, danke«, ich lache sie an und nehme die Stofftasche. »Tschüss.« Michaela winkt uns kurz hinterher.

Auf dem Heimweg fragt mich Paulette zuerst nach dem Buch. Sie fragt lauter Sachen zu Backrezepten, die sie gar nicht interessieren. Das ist eine Variante der Vermeidungsstrategie. Kurz vor der Haustür hat sie sich dann endlich zum Kern vorgearbeitet:

»Alles okay, chérie?«

»Ja.«

Aus den Augenwinkeln sehe ich, wie sie auf ihrer Lippe herumbeißt.

»Dachte ich mir doch, dass sie nett ist«, sage ich und gucke Paulette an. Ihre Augen leuchten hell. Sehr hell.

Am Abend liege ich im Bett. Blättere in dem Backbuch von Michaela und denke an den Tag, als ich sie und Paulette das erste Mal vom Fenster aus gesehen habe. Damals hätte ich mich gern von Padmé Amidala adoptieren lassen, ich hätte gern in einer anderen Galaxie gelebt, möglichst weit weg von alldem. Ich glaube, ich finde es auf der Erde doch besser.

Zweiundzwanzig

In meinem Leben spielte plötzlich eine neue Fahne eine Rolle – die Regenbogenfahne! Die ist viel bunter als das Familienschild von Nina – und sie hat außerdem eine Bedeutung. Es geht bei der Fahne nicht nur darum, bekannt zu machen, dass die Queen in ihrem Schloss ist. Es geht um viel größere Themen. Noch wusste ich nicht, wie groß ... erst einmal fühlte sich das Leben auf der Erde ganz entspannt an.

Am Samstag sitze ich bei Paulette auf den Stufen vor der Haustür und warte auf Nina. Ein Stück die Straße runter steht ein großer Umzugswagen: BLITZ-UMZÜGE steht in fetter roter Schrift auf der Seite und darüber ist ein dicker gelber Blitz. Sie verfolgen mich langsam, die Blitze. Nina kommt die Straße hoch, setzt sich zu mir. Sie zieht ihren Pferdeschwanz fest, stützt ihre Ellbogen auf die Knie, grinst mich an und fragt: »Na, wie war es?«

Ich sehe es ihr an, sie denkt an das große HAPPY END. Sie sieht schon die geschwungenen Buchstaben am Ende des Films. Ich grinse zurück.

»Wusste ich es doch«, sagt sie, bevor ich auch nur ein Wort sagen kann.

»Erzählst du mir den Rest oder muss ich raten?« Nina lacht.

Ich erzähle ihr dann vom Eiscafé, vom Stadtbummel, vom Besuch in Michaelas Café.

»Ich könnte in Hollywood ja auch ein Café aufmachen. In der Straße mit den Sternen. Da kommen dann die berühmten Schauspielerinnen ...«

»Nina, du kannst gar nicht backen«, protestiere ich.

»Dafür nehme ich ja dich mit«, lacht sie. »Wir machen ein Muffins-Frühstücks-Café auf, unsere Spezialität sind Muffins mit Sternen und Glitzer. Denn es heißt doch: Iss Glitzer zum Frühstück und strahle den ganzen Tag!«

»Falls du es vergessen hast: Ich hab es nicht so mit Glitzer und nach Hollywood will ich schon gar nicht.«

»Ach, schade. Ich weiß nicht, ob ich Berki überreden kann, Muffins-Bäcker zu werden.«

Ich pruste los und will aufstehen, da hält mich Nina fest. Sie holt ihr Handy raus und hält mir das Foto einer bunten Fahne vor die Nase. Ich habe die Fahne schon mal gesehen. Sie klebt an der Kasse in Michaelas Café.

»Die Regenbogenfahne«, sagt Nina. »Dank Paulette und Michaela hast du jetzt eine Regenbogenfamilie.« Sie guckt mich an, macht ein offizielles Gesicht und verkündet dann: »Die Fahne steht für Vielfalt und Liebe und Stolz, der Gemeinschaft anzugehören!«

Hat sie das auswendig gelernt, frage ich mich.

»Terri, das ist total schön!« Nina strahlt, als hätte sie in Hollywood einen Stern auf der berühmten Straße gekriegt.

»Zeig noch mal.« Ich guck mir die Fahne auf ihrem Handy genauer an. Vielfalt und Liebe ... Es hupt sehr laut. Ich gucke hoch, der Blitz-Umzugs-LKW fährt vorbei, der Fahrer winkt uns. Ich muss grinsen und ziehe Nina von den Stufen hoch. Wir gehen los, in die Stadt. Zur Feldforschung. So nennt Papa das auch, wenn sie draußen forschen. Schließlich gibt es immer noch viele unbeantwortete Fragen. Ganz aktuell zum Beispiel: Was haben die Blitze mit einem Regenbogen zu tun?

»Guck mal, die zwei küssen sich.«

»Ja, zum Abschied.«

»Nee, das war richtig.«

»Nee, das war zum Abschied«, sage ich und nicke mit meinem Kopf nach links. Ein Mann läuft strahlend auf die Frauen zu und drückt eine an sich.

»Oh. Okay. Aber die hier! Wie die sich an den Händen halten. Die sehen auch so elegant aus. Die könnten echt aus Hollywood sein.« Nina. Typisch.

»Na ja, ich weiß nicht. Aber ganz bestimmt die da!«

»Wo? Welche?« Nina guckt mich mit großen Augen an.

»Na, da.« Ich grinse und zeige zu der Kindergruppe, die in Zweierreihen um die Ecke biegt. Vorne Mädchen, Hand in Hand.

»Nee, ist klar. Theresa Emmanuelle Rosa! Da kommt ja mal wieder voll dein französischer Humor raus.«

»Bien sur! Aber mit einem Anteil algerischem Humor. Der ist noch mal anders.«

»Klar. Terris spezielle Humormischung!« Nina lacht. Sie lacht so laut, dass Leute gucken. Sie steigert sich so rein, dass ich voll mitlachen muss.

Als wir uns beruhigt haben, sage ich: »Sema sagt ja auch, die Aszendenten müssen zusammenpassen.«

»Die Aszendenten müssen zusammenpassen …«

»Ja, weil die viel mehr mit einem zu tun haben als das Sternzeichen. Wenn die Aszendenten nicht passen, wird es anstrengend – sagt Sema.«

»Aha.« Nina ist jetzt auf einmal sehr ernst. »Ob die von mir und Berki zusammenpassen? Terri, meinst du, sie passen bei Berki und mir? Oh, hoffentlich passen sie bei Berki und mir!!!«

»Bitte, bitte liebes Universum, mach, dass die Aszendenten von Nina und Berki zusammenpassen!« Ich falte meine Hände und flehe den Himmel an.

»Pass auf, dass das nicht Herr Martini sieht«, sagt Nina und grinst.

Dreiundzwanzig

Blitze können mehrmals sehr nah beieinander einschlagen. Auch Menschen können öfter vom Blitz getroffen werden. Bei meinen Recherchen habe ich eine echt krasse Geschichte entdeckt. Ein Mann in Amerika wurde in seinem Leben siebenmal vom Blitz getroffen. Inoffiziell sogar achtmal! Einmal fuhr der Blitz bis in seinen großen Zeh, zweimal verbrannten seine Haare und einmal verlor er dabei das Bewusstsein. Man nannte ihn schon »den Blitzableiter von Virginia«. Und er kam ins Guinness-Buch der Rekorde. Bei Paulette war es auch nicht der erste Blitzeinschlag – und die Folgen für mich diesmal auch ganz andere.

Es ist Donnerstag. Unser letzter Abend, bevor ich zu Papa gehe. Ich liege auf dem Bett, lese mein Buch, kann mich aber immer weniger darauf konzentrieren – Paulette wollte längst hier sein. Wir haben uns nicht so viel gesehen unter der Woche, sie hat viel gearbeitet, dabei wollten wir eigentlich extra viel Zeit miteinander verbringen. Jetzt, wo die ganze Spannung raus war. Heute Abend wollten wir uns einen gemütlichen Abend machen, Pizza bestellen, Urlaubspläne besprechen, meine Englisch-Hausaufgaben durchgehen, sie wollte noch das Geburtstagsgeschenk für Oma Emmanuelle einpacken, lauter so Sachen. Aber die Liebe hat sie wohl so blind gemacht, dass sie nicht mal mehr die Uhr erkennen kann. 15 Minuten zu spät.

Ich schicke Nina eine Nachricht:

Terri: Was machst du?

Nina schickt mir ein Foto, darauf: Schere, Klebstoff, Papierschnipsel.

Macht sie schon wieder was für Kunst? Punkte sammeln bei Frau Fabritius?

Terri: ????

Nina: Voll im Stress. Der ewige Kalender für Berki 🖤 🖤 🖤 muss langsam fertig werden.

Terri: Schaffst du! Wir sehen uns morgen.

Berki, den hatte ich gerade erfolgreich verdrängt. Ich lege das Handy weg. Um den Kopf freizukriegen, backe ich ein paar Muffins. Die Kuchenform von Michaela liegt hier, dafür habe ich jetzt aber keinen Nerv. Wenn die Muffins fertig sind, wird Paulette ja wohl da sein. Ich rühre den Teig, rühre zu schnell und zu lange. Wo bleibt sie? So war das nicht gemeint – mit dem Raum und der Privatsphäre. Es sollte nicht heißen, dass sie mich hier vergisst. Hat Gregor vielleicht doch recht? Hat sie jetzt keine Zeit mehr für mich? Als die Muffins fertig und abgekühlt sind, krame ich aus meinen Backutensilien die Lebensmittelfarben heraus. Wie ferngesteuert male ich Blitze auf die Muffins. Gelbe. Viele gelbe. Paulette ist immer noch nicht da. Und dann rote, blaue, grüne. Ich setze mich an den Küchentresen, esse einen Muffin mit einem gelben Blitz. Einen noch, dann kommt sie zur Tür reingepoltert. Okay, aber nach dem nächsten.

Nach einem Muffin mit grünem Blitz rufe ich bei Toni an. Mir doch egal, wenn sie nicht rechtzeitig hier ist. Bestelle ich mir eben einfach alleine etwas.

»Signorina, buona sera! Wie immer!?«, lacht Toni ins Telefon. Er kennt unsere Nummer.

»Hallo, Toni«, sage ich.

»Und was möchte deine Mama?«

»Keine Ahnung, was die möchte. Auf jeden Fall nicht mit mir Pizza essen. Sonst wäre sie längst hier«, fauche ich ins Telefon.

»Alles okay? Was soll ich bringen, Terri?«

»Nix. Wir rufen später noch mal an.«

»Okay, dann hören wir uns später!«, sagt Toni. »Ich habe hier gerade alles voll«, ruft er noch schnell und legt dann auf.

Ich schicke Paulette eine Nachricht:

Terri: Wo bist du?
Beiße in den nächsten Muffin.
Terri: Paulette???? Du wolltest längst hier sein.
Keine Antwort.

Ich stopfe alle Muffins in eine Papiertüte. Schnappe den Schlüssel, ziehe die Tür zu, renne die Treppe runter. Unten rechts rum, immer weiter, es ist warm, mir wird heiß, meine Hand klebt an der Tüte mit den Muffins. Ich renne und renne, meine Füße kennen inzwischen den Weg.

Ich stehe vor Michaelas Café. Mein Herz klopft bis in die Ohren, mein Atem pfeift.

Die paar Tische draußen sind besetzt, aus den Augenwinkeln sehe ich die Menschen reden und lachen. An der Theke sitzt Paulette in ihrem roten Kleid. Auch sie redet und lacht und redet und lacht.

»Für dich.« Ich knalle ihr die Tüte mit den Muffins vor die Nase. Sie guckt mich entgeistert an.

»Terri, was machst du …«

»Du hast gesagt, du bist um fünf da.«

Sie guckt entgeistert auf ihre Uhr.

»Oh, merde! Tut mir leid, tut mir leid, tut mir leid.«

»Och, macht ja nichts. Ich hab ja nur fast zwei Stunden gewartet.«

»Chérie, das wollte ich wirklich nicht …«

»Völlig verwirrt, beschränkte Wahrnehmung, nicht mehr zurechnungsfähig – aber warum krieg ich das alles immer ab.«

»Es war meine Schuld, Terri.« Michaela mischt sich ein.

»Dann seid ihr eben beide unzurechnungsfähig!«

Ich stapfe aus dem Café, schicke Nina eine Nachricht, dass ich komme, und renne los. Dieser Liebesblitz hat sein Ziel so was von verfehlt. In den nächsten Tagen soll es wieder Gewitter geben. Bis dahin muss ich endlich meinen Liebesblitzableiter fertig bauen, damit ich verschont bleibe, und dann werde ich das Universum anflehen, dass bei Paulette ein neuer Blitz einschlägt. Vielleicht wird die Wirkung von diesem Blitz dann aufgehoben. Vielleicht wird dann einfach alles wieder wie vorher. Das Universum soll bitte einmal einen »Reset-Blitz« schicken.

Ich stehe vor Ninas Haustür, drücke fest auf die Klingel unter dem getöpferten Schild.

Sabine macht auf.

»Hallo, Terri, komm rein.«

»Hallo«, sage ich noch außer Atem.

»Nina ist oben. Es gibt gleich Abendessen, willst du mitessen?«, fragt sie.

»Nee, danke. Glaube nicht.«

Otto kommt auf mich zu, ich wuschele ihm nur kurz über den Kopf.

»Du kannst es dir ja noch überlegen.«

»Hmmm …« Die Treppe hoch nehme ich zwei Stufen auf einmal, stolpere fast in Ninas Zimmer. Sie sitzt auf dem Boden, um sie herum liegen Bastelsachen und Fotos von ihr.

»Hi, Terri, super, dass du da bist. Du kannst mir helfen und noch zwei, drei Fotos aus dem Stapel suchen.«

Nina auf Bronto, Nina in der Hollywoodschaukel, Nina in der Stadt. Auf ein paar Fotos hat sie schon Glitzersterne geklebt.

Mist. Der Kalender für Berki. Den hatte ich ganz vergessen.

»Ich denke, das muss alles selbst gemacht sein.« Nach einer Bastelstunde für Berki ist mir gerade echt nicht.

»Ja, schon. Aber so Hilfsarbeiten machen nichts«, sagt Nina und legt den Stapel vor meine Füße.

Gibt es irgendwo einen Ort, an dem ich nicht von Liebesblitzopfern umgeben bin? Wo würde ich als Bor Ibrahim leben? Wann macht noch mal das Bürgeramt für eine Namensänderung auf?

Vierundzwanzig

Irgendetwas war gewaltig in Schieflage geraten. Ich hätte nicht gedacht, dass die Symptome von Liebesblitzopfern so verheerende Auswirkungen auf ihre Umgebung haben können! Und mit Umgebung meine ich mich. Ich wollte mich ja mal von Padmé Amidala adoptieren lassen – jetzt fühlte es sich an, als wenn Paulette mich bei ihr abgegeben hätte. Auch aus dem Universum kam keine Hilfe.

Von Nina aus gehe ich direkt zu Papa. Ich habe keine Lust auf Paulette. Wenn sie mich sitzen lässt, will ich sie jetzt auch nicht sehen …

»Hallo.« Papa und Sema gucken mich an, als ich reinkomme, sagen aber erst mal auch nur »Hallo«. Gregor will gleich irgendwas von mir, wahrscheinlich geht es um seine Taschengelderhöhung. Mein Blitzableiter geht aber noch nicht in Serie, da muss er sich noch gedulden. Sema pfeift ihn zum Glück zurück. Ich verziehe mich in mein Zimmer. Ich liege noch keine Minute auf meinem Bett, da ploppt schon eine Nachricht von Paulette auf.

Paulette: Es tut mir leid. Michaela kann wirklich nichts dafür. Ich hoffe, wir sehen uns später? Hab dich lieb.

Ich antworte nicht. Es ist mir gerade egal. Ich muss nicht zu Paulette, wenn sie jetzt jemand anderen hat. Papa kommt rein. Setzt sich zu mir ans Bett. Er will mit mir reden, ich will aber nicht.

Er guckt mich an.

Ich drehe mich weg.

»Ich habe mit Paulette gesprochen. Sie hat angerufen, nachdem du aus dem Café gelaufen bist.«

Pause. Papa wartet. Ja, und. Was soll ich dazu sagen? Das alles nicht so schlimm ist? Sie hat mich vergessen.

»Es tut ihr wirklich sehr leid.«

Ihre Entschuldigung kann sie sich sparen.

»Terri, Paulette und ich, wir sind immer für dich da.«

»Das hilft aber gerade nicht«, murmele ich.

»Willst du nicht zu uns ins Wohnzimmer kommen?«

Ich schüttele den Kopf.

»Ich komme nachher noch mal.« Papa steht leise auf.

Ich drehe mich um. Starre an die Decke. Ich fühle mich wie ein einzelnes Atom im Universum.

Am nächsten Morgen redet Papa auf mich ein.

»Du solltest mit Paulette sprechen, sie hat noch mal angerufen. Melde dich doch bei ihr.«

»Ich wüsste nicht, warum.« Ich kaue auf meinem Brot herum.

»Terri, sie ist wirklich ganz geknickt.«

»Ja und – zu recht«.

Papa guckt mich über sein Müsli an.

»Paulette wollte nicht …«.

Ich will jetzt nichts von Paulette wissen.

»Ich überlege es mir.«

Sema kommt mit einem Tee an den Tisch, zieht einen Teebeutel durch ihre große Tasse.

»Auch Tee braucht seine Zeit«, sagt sie. Sie guckt mich an und zwinkert mir zu.

Ich muss grinsen. Sema und ihre Sprüche. Sie holt dann den Beutel aus der Tasse, drückt ihn aus, legt das Papieretikett auf meinen Teller. Auch da steht immer ein Spruch drauf. Heute Morgen heißt er: »Löse ein Problem und hundert andere verschwinden.« Passt ja mal wieder super. Wie macht sie das!?

Nach der Schule gehe ich doch zu Paulette. Sie hatte mir eine Nachricht geschickt. Sie freut sich, wenn ich komme. Jetzt stapfe ich die Treppe hoch. Alles ist anders als noch vor ein paar Wochen. Jede Stufe fühlt sich an, als würde ich einen Berg erklimmen. Der Liebesblitz hat aus Treppenstufen den Mount Everest gemacht. Und es gibt keinen Lift oder Träger, der mich nach oben bringt. Ich muss aus eigener Kraft auf den Gipfel, ohne Sauerstoffflasche!

Als ich die Wohnungstür aufschließe, steht Paulette im Flur. Sie kommt auf mich zu, nimmt mich vorsichtig in den Arm. So als könnte sie etwas kaputtmachen, wenn sie mich zu fest drückt. Wir gehen in die Küche. Auf dem Tresen steht ein Teller mit selbst gemachten Pralinen und einem Zettel von Michaela dran:

Liebe Terri, kommt nicht wieder vor. Versprochen.

Okay, denke ich. Fehlt nur noch der Beweis.

Paulette und ich setzen uns auf die Hocker am Tresen. Ich stecke mir vorsichtig eine Praline in den Mund. Die Fruchtfüllung schmeckt ganz leicht nach Zitrone.

»Es tut mir leid.« Paulette guckt mich ernst an. »Es kommt wirklich nicht mehr vor.«

»Versprochen?«, frage ich.

»Versprochen«, sagt Paulette feierlich.

»Die sind alle für dich.«

Sie schiebt mir den Teller mit den Pralinen vor die Nase. Ich schiebe ihn wieder in die Mitte. Wir teilen sie uns.

Heute Abend bleibe ich bei Paulette. Sicher ist sicher. So kann sie mich in ihrer Liebesblindheit nicht gleich wieder vergessen. Wir machen uns einen gemütlichen Abend, bestellen bei Toni Karton-Pizza, sitzen auf dem Sofa und gucken zusammen eine Tierdokumentation an.

Am nächsten Tag bummele ich mit Paulette durch die Stadt.

Ich gehe neben ihr her und muss daran denken, dass wir das letzte Mal mit Michaela hier entlanggeschlendert sind. Ich denke an Michaela – und auf einmal fühlt es sich an, als wäre ein schwarzes Loch neben mir, das alles schluckt. Bevor es sich weiter ausbreiten kann, sage ich: »Wir können ja Michaela im Café besuchen. Jetzt gleich!«

Paulette guckt mich von der Seite an. »Wirklich?«, fragt sie.

»Wirklich«, sage ich.

Als wir ins Café reingehen, kommt Michaela sofort auf mich zu.

»Terri! Wie schön.« Sie schaut mir tief und ernst in die Augen. »Es wird nie mehr vorkommen.«

»Okay«, sage ich. Ich glaube ihr. Alles.

Paulette und ich setzen uns wieder an die Theke, ich kriege eine Apfelsaftschorle, Paulette einen Kaffee. Die dunklen Wolken haben sich verzogen.

Michaela macht dann eine Pause im Café und geht noch ein paar Schritte mit uns mit. Sie hakt sich bei uns unter, lacht, fragt mich nach der Schule, nach den Backrezepten und nach Nina.

Am Nachmittag ruft Papa an. Er möchte wissen, ob ich bei Paulette bleiben will. Ich überlege kurz. Aber nach dieser Besteigung des Mount Everest kann ich auch mal wieder ein paar entspannte Tage bei Papa vertragen. Es ist ja eigentlich auch seine Woche und ich möchte nicht noch mehr Kuddelmuddel in meinem Leben haben.

Paulette fährt mich hin. Als ich aus dem Auto steige, sagt sie: »Terri, ich hab dich sehr lieb.«

»Ich dich auch.«

Sie wirft mir aus dem Autofenster noch drei Küsse hinterher. Oben wartet Papa schon auf mich. Wir wollen noch schnell ins Schwimmbad, bevor es für heute zumacht.

Fünfundzwanzig

Eier, Puderzucker, Vanilleschote, Mandelkerne – findet ihr eigentlich auch Halt in Rezepten? Geht das allen Bäckerinnen so? Ich hab damals dann gemerkt, dass man beim Backen beides haben kann: Halt und Raum. Denn als ich angefangen habe, Kuchen zu backen, hatte ich auf einmal viel mehr Platz für Verzierungen. Ich wollte Frau Fabritius schon vorschlagen, dass wir in Kunst mal was backen. Damit sie sieht, wie kreativ ich sein kann. Ich war auf jeden Fall schon ganz stolz auf meine Entfaltung.

Obwohl meine Papa-Woche ist, gehe ich am Montag nach der Schule zu Paulette. Ich will was aus dem Buch von Michaela backen, das liegt bei ihr und meine ganzen Back-Utensilien sind auch dort. Ich stehe in der Küche, blättere durch das Buch und entdecke ganz hinten Extra-Seiten mit handgeschriebenen Rezepten. Viele haben lustige Namen: Maulwurfkuchen, Donauwellen, es gibt auch eine Mondscheintorte. Ordentlich und übersichtlich stehen da Zutaten und Backschritte. Sehr strukturiert alles. Sieht nach viel Halt aus. Warum hat Michaela den gebraucht? Was war in ihrem Leben los? Ich entscheide mich für einen spanischen Mandelkuchen, rühre die Zutaten in einer Schüssel zusammen, muss immer wieder kurz in das Rezept gucken. Sind ja schließlich keine Muffins.

Knapp eine Stunde steht die Form im Ofen und nachdem der Kuchen abgekühlt ist, verziere ich ihn mit bunten Streuseln und Sternen. Eine Hälfte lasse ich für Paulette stehen, mit der anderen mache ich mich auf den Weg zu Michaela. Als ich ins Café komme, werkelt sie in der Küche. Ich stelle den halben Kuchen auf die Theke: »Ich hab da mal was Neues ausprobiert!«

Michaela kommt, guckt in meine Kuchenschachtel.

»Oh, der sieht toll aus, Terri! SO einen spanischen Mandelkuchen hatte ich noch nie.« Sie freut sich riesig, nimmt ein großes Messer, schneidet zwei Stücke ab. »Du hast dir meinen Lieblings-Kuchen ausgesucht.« Michaela nimmt ein Kuchenstück in die Hand, beißt die Spitze ab. »Hmmm, der schmeckt wirklich wunderbar«, murmelt sie mit vollem Mund. »Kann ich dich als Kuchenbäckerin einstellen?«

»Klar«, sage ich und beiße in das andere Kuchenstück. »Wenn die Bezahlung stimmt.«

Michaela muss lachen. Wir sitzen an der Theke, essen den Kuchen. Sie ist ganz begeistert. Auch von meinen Verzierungen. Mit Herrn Brinkmann hätte ich nicht über Backrezepte philosophieren können, schießt es mir durch den Kopf – ich muss grinsen. Michaela holt dann Marzipanmasse aus der Küche. »Wenn du das mal ausprobieren möchtest. Damit kann man tolle Blüten und Figuren machen.«

In einem Rezept hatte ich das schon gesehen. Das wird meine nächste Überraschung für sie.

Am nächsten Tag haben wir in der Schule in der letzten Stunde Kunst. Frau Fabritius quält uns heute mit Theorie. Gegen Ende der Stunde erinnert sie uns daran, dass wir in zwei Wochen unsere Collage abgeben sollen. Da muss ich mich ranhalten, ich kann ja komplett von vorne anfangen! Die ausgeschnittenen Männer kann ich alle nicht mehr brauchen. Es klingelt, ich gehe mit Nina aus dem Klassenzimmer – und wer biegt gerade um die Ecke: Berki! Als würde er von irgendwoher ein geheimes Zeichen kriegen. Nina zeigt sofort wieder heftige Symptome. Sie wirft ihren Kopf hin und her, ihr Pferdeschwanz wischt mir über das Gesicht, als wäre ich die Schultafel, sie tritt von einem Bein auf das andere und mir dabei auf den Fuß.

»Mensch, Nina!« Ich schubse sie ein Stück von mir weg. Sie merkt es noch nicht einmal, so sehr steht sie im Bann von Berki. Der zeigt mal wieder nur seine Zahnlücke, schlurft vorbei, Timon Ritter im Schlepptau.

Als die zwei vorbei sind und sich Nina wieder etwas beruhigt hat, fragt sie: »Kommst du heute Nachmittag mit in den Stall?«

»Heute nicht. Ich will Blüten ausprobieren.«

»Was willst du?«

»Marzipan-Blüten machen.«

Ich zeige ihr Beispiele auf meinem Handy.

»Oh, toll! Die sehen super aus.«

»Michaela hat mir Marzipanmasse dafür mitgegeben.«

»Da gibt's sogar welche mit Glitzer, oder?«

»Ja, aber muss ja nicht …«

»Vielleicht könntest du eine für Berkis Geschenkverpackung machen!« Nina guckt mich erwartungsvoll an.

»Nina! Muffins durfte ich dir nicht backen.«

»Die Blüte wäre ja Teil der Verpackung! Das geht.«

Ich gucke sie an, ziehe die Augenbrauen hoch. Oh, Mann. Nina und ihr Geschenk für Berki. Das soll noch einer verstehen. Wie wird das wohl, wenn es bei ihr und Berki mal richtig läuft? Beruhigt sie sich dann wieder? Kommt dann auch bei ihr alles in geregelte Bahnen? Ich hole das Backbuch und die Marzipanmasse bei Mama und schreibe ihr noch schnell eine Nachricht.

Terri: Hab noch mein Backbuch geholt. Viel Spaß! Bis nächste Woche! Kuss ☺
Paulette: Ich hab dich lieb. Viel Spaß bei Papa. Freue mich auf unsere Woche! ♥

Sechsundzwanzig

Mir ist klar geworden: Mütter sind auch nur Menschen. Ihr müsst nicht meinen, dass sie schlauer, besser oder perfekter wären als der Rest der Welt. Und sie sind schon gar nicht mutiger! Paulette jedenfalls nicht. Sie brüllt zwar oft wie ein Löwe, aber wenn es drauf ankommt, ist sie so mutig wie ein Einsiedlerkrebs. Habt ihr schon mal einen mutigen Einsiedlerkrebs gesehen? Nein? Na also! Mütter sind nicht immer stark und allwissend. Sie sind wie du und ich. Wenn man das weiß, erleichtert es den Umgang mit ihnen ungemein.

Mama hat wieder jemanden und bei Papa und Sema stimmt die Energie auch. Es fühlt sich alles auf einmal schon ganz schön normal an. Fast wie ein buntes Familienschild!

Mit Nina habe ich mich ein paarmal bei Michaela im Café getroffen. Nina sagt, Michaela sei ein Glückstreffer. Vielleicht muss ich mich mal beim Universum bedanken.

Heute sind Paulette und ich mit Michaela in der Stadt verabredet. Mama hat sich heute Morgen x-mal umgezogen, Bluse an, Bluse aus, Hose, Rock ... Jetzt stehen wir an der Bushaltestelle, an der wir uns mit Michaela treffen. Mama geht zwei Schritte vor, wieder zwei Schritte zurück, guckt auf die Uhr, studiert den Fahrplan, zupft an ihren Haaren herum, guckt wieder auf die Uhr.

»Wir sind fast 10 Minuten zu früh«, sage ich. »Obwohl du dich x-mal umgezogen hast. Das hat extremen Seltenheitswert!« Ein echter Ausreißer in der Statistik, denke ich.

»Hmmm ...«, macht Mama nur. Wenn ich ihr jetzt erzählen würde, dass neben uns ein Marsmännchen landet, würde sie das auch nicht interessieren. Ich schreibe Nina eine Nachricht:

Terri: Paulette = hochgradige Verliebtheit
Nina: 😵 😵

Ich bin von Verliebten umzingelt.

Der Bus kommt, Mama geht ihm entgegen, ihr Blick verfolgt die Fenster. Sie entdeckt Michaela, geht zur Tür, bleibt stehen und als sich die Türen öffnen, strahlt sie. Kurz drückt sie Michaela an sich. Dann bin auch ich wieder in ihrer Welt. Sie dreht sich lachend zu mir um und wir ziehen los. Mama ist total gut gelaunt. Manchmal legt sie vorsichtig ihre Hand auf Michaelas Arm – sie sucht dann meinen Blick. Es fühlt sich noch etwas komisch an, aber gleichzeitig auch richtig. Beides zusammen. Es ist okay.

Michaela hakt sich bei uns unter. Mama links, ich rechts, wir versuchen, im Gleichschritt zu gehen und lachen dabei. In der Fußgängerzone schlendern wir von einem Geschäft zum nächsten, bleiben an Schaufenstern stehen, gehen mal hier rein und mal da. Wir zeigen uns T-Shirts, ziehen Bücher aus Regalen, begutachten Schuhe. Wir haben kein Ziel, außer dass Michaela noch ein paar Sachen zum Kochen einkaufen will.

»Ich will auch noch nach einem neuen Tuch gucken«, sage ich. »Wenn ihr ein schönes entdeckt ...«

»Was für ein Muster denn?«, fragt Michaela.

»Egal. Hauptsache: keine Pferde und auf keinen Fall Glitzer.«

Michaela lacht.

»Du hattest doch erst ein neues!?« Paulette guckt mich irritiert an.

Ich sage nicht, dass es bei Bronto im Stall hängt.

Nach einer guten Stunde machen wir Pause an einem Kaffeestand.

»Hallo, Paulette! Auch auf Shopping-Tour!«

Mama schluckt ihren Kaffee zu schnell runter, hustet kurz, stellt ihren Becher so hastig auf die kleine Theke, dass was rausschwappt.

»Detlef, du hier!?«

Vor uns steht Mamas Arbeitskollege mit einer Frau. Ich mustere Detlef. Ich kenne ihn. Er hat keinen Durchblick, verbockt jede Konferenz, trägt unmögliche Anzüge und alberne Krawatten mit Micky Maus drauf, er hat keine Ordnung in seinen Papieren, er ist es, der die Telefonanlage nicht kapiert und ständig Leute aus der Leitung wirft. Sagt jedenfalls Paulette. Jetzt legt sie ihren Arm um mich und stellt mich diesem Detlef vor.

»Meine Tochter Theresa.« Ich gebe ihm die Hand, seine fühlt sich an wie Muffin-Teig.

»Und das ist Frau Jacob«, sagt Mama und dreht sich kaum erkennbar zu Michaela um. »Eine Bekannte aus dem Sport.«

Detlef gibt jetzt Michaela die Hand, er sagt irgendwas Nettes, die Frau greift nach meiner Hand. Ich kriege alles nicht mehr richtig mit, in meinem Kopf hallen

Mamas Wort nach: »Eine Bekannte aus dem Sport, Bekannte aus dem Sport, Bekannte, Sport …«

Mein Blick geht zu Michaela, sie lächelt schief. Und Mama? Redet weiter mit diesem Detlef, als wäre nichts passiert. Das ist jetzt nicht wahr, oder!? Zu Hause schimpft sie über ihn – und jetzt traut sie sich nicht, diesem Micky Maus-Detlef die Wahrheit zu sagen! Jetzt kneift sie vor dem?

Michaela hat sich weggedreht, sie schaut in irgendein Schaufenster, ihre Finger spielen mit ihrem leeren Kaffeebecher. Sie hakt sich bestimmt nie mehr bei uns unter. Nie. Mehr. Paulette macht gerade alles kaputt!!!

»Paulette …«

»Theresa, ich rede doch noch …«

»… du bist so gemein!«

»Theresa …«

»… Emmanuelle Rosa hast du noch vergessen! Du bist gemein, Paulette! Und feige. So was von feige! Ich hasse dich!«

Ich drehe mich um und ZACK – wie ein Blitz trifft mich Michaelas Blick. Ich muss hier weg. Schnell. Ich renne los. Paulette ruft mir irgendetwas nach, ich renne noch schneller, höre noch zwei, drei Schritte hinter mir. Dann hält Michaela sie wahrscheinlich auf.

Ich renne die Fußgängerzone entlang. Am Schuhgeschäft vorbei, Stöckelschuhe im Fenster, von denen ich mal dachte, dass sie Paulettes Überleben sichern und damit irgendwie auch meins. Jetzt ist nichts mehr sicher.

Ich drücke auf die Klingel, starre auf das Familienschild. Nina Schmidt. Punkt. Aus. Das Leben kann so einfach sein.

»Hi, komm rein.« Nina macht die Tür auf.

Otto springt gleich an mir hoch. Sein wuscheliger Schwanz wedelt wie ein Propeller, er leckt mir über die Hand und bellt vor Freude. Ich beuge mich zu ihm, kraule ihn zwischen den Ohren. Ich heirate mal Otto. »Das ist Otto, mein Hund. Unsere Aszendenten passen«, sage ich dann.

Wir gehen hoch in Ninas Zimmer, setzen uns auf ihr Bett.

»Was ist passiert?«, fragt sie.

Ich erzähle ihr alles.

»… und Paulette macht alles kaputt. Alles. Und nur wegen diesem Micky Maus-Detlef!«

Sabine klopft an die Zimmertür, sie bringt uns selbst gemachten Käsekuchen und Apfelschorle. Nina macht

Musik an und erzählt mir, dass es bestimmt ein Happy End gibt.

»So wie in den großen Hollywood-Filmen, die ich mit Mama manchmal gucke, da sind die Verliebten am Ende glücklich, küssen sich, heiraten, fahren mit Blechdosen am Auto in die Flitterwochen, dann kommt romantische Musik und dann steht da ganz dick: HAPPY END.«

Nina breitet die Arme aus, zieht mit ihnen einen Schriftzug in die Luft. Schon klar, sie will mich trösten. Die Sache mit den Filmen hat nur einen Haken.

»Und in wie vielen Filmen sitzen zwei Frauen in dem Auto mit den Blechdosen?«, frage ich.

»Die gibt es bestimmt auch. Ich suche mal …« Nina sucht so angestrengt, dass ihre Stirn Falten wirft. Ich kämme währenddessen mit meinen Fingern Ottos Fell. Ich kämme lange.

»Na also. Keiner.«

»Warte. Ich hab bestimmt gleich einen.«

Ich warte. Esse Käsekuchen. Trinke Apfelschorle. Warte.

»Jule hat übrigens neue Turnschuhe. Glitzerturnschuhe«, sagt Nina auf einmal und schiebt sich ein Stück Käsekuchen in den Mund.

»Du lenkst ab.«

Sie kaut und kaut und kaut und sagt zwischendurch: »Ich finde noch einen. Garantiert.«

Mein Handy brummt. Ich starre auf das Display. Paulette.

»Terri!« Nina stupst mir ihren Ellbogen in die Seite.

»Jetzt geh schon dran.«

Ich starre weiter. Paulette soll mich in Ruhe lassen. Sie soll sich erst einmal bei Padmé Amidala abgucken, wie man in den Kampf zieht und eine Galaxie verteidigt. Sie soll sich mal Schuhe kaufen, mit denen man rennen kann, sie soll diesem Detlef …

Nina greift nach meinem Handy.

»Lass das! Ich geh so lange nicht dran, bis sie kapiert hat, dass es bei Star Wars nicht um kleine grüne Marsmännchen geht. Also verdammt lange.«

»Sie macht sich bestimmt Sorgen.«

»Na und. Sie hat gelogen.«

Das Brummen hat aufgehört. Stattdessen ploppt eine Nachricht auf:

Paulette: Terri. Es tut mir leid. Sag mir wenigstens, wo du bist.

»Sie macht sich wirklich Sorgen.« Nina hat mitgelesen.

»Schreib du ihr, dass ich bei dir übernachte«, sage ich und halte Nina mein Handy hin.

Wir hören Musik. Meine Finger kämmen weiter Ottos Fell, Nina lackiert sich die Nägel neu. Sie erzählt was vom Reitstall und ihren Voltigierstunden, von Kunst und Frau Fabritius, von Tierfilmen und vom Englisch-Unterricht. Sie erzählt nichts von Berki, aber viel von Bastelanleitungen, Pferden und neuen T-Shirts. Ich liege da und höre ihr einfach nur zu.

Irgendwann sagt Nina: »Ich mach mal alles anders.«

»Ich auch«, sage ich.

»Ich ziehe auf jeden Fall in eine große, aufregende Stadt.«

»Ich eher aufs Land.«

»Hollywood.«

»Halsdorf.«

»Glamour!«

»Garten.«

»Nachtleben.«

»Nacktschnecken.«

»Blitzlichtgewitter.«

»Blitzableiter.«

Nina weiß nichts von meinem Blitzableiter, aber sie muss grinsen. Es gibt eine kleine Pause und plötzlich fragt sie: »Meinst du, du verliebst dich auch mal in eine Frau?«

»Ich weiß nicht«, sage ich.

Sie lackiert ihre Nägel weiter.

Siebenundzwanzig

Egal, wo ihr wohnt, ob in Hollywood oder in Heringsdorf –
nach Liebesblitzen kann es sein, dass euer normales Leben
erst mal aus der Bahn gerät. Ich kam gar nicht mehr dazu,
meine Fahne immer mit umzuziehen. Ich kam auch nicht
mehr zu meiner Forschung. Dabei wäre es so wichtig, dass
jeder versteht, wie Liebesblitze funktionieren. Das Unwissen
darüber wurde nämlich langsam zum Problem. Denn Symp-
tome können sich durch äußere Einflüsse verändern – wie ich
heute weiß.

Weil Sonntag ist, deckt Thomas, Ninas Papa, am nächsten Morgen den Frühstückstisch: Müsli, Käse, selbst
gemachte Marmelade, Kakao. Er war auch schon beim
Bäcker und hat Brötchen geholt. Das Frühstück sieht
wirklich gut aus. Es erinnert mich ein bisschen an das
Frühstück, das es in dem kleinen Hotel in Frankreich
gab, in dem ich mit Paulette mal war. Ich fahre nie
mehr mit Paulette in ein Hotel.

Danach ruft Papa auf meinem Handy an. Er weiß, was passiert ist, die Reaktionsketten haben ihn erreicht.

»Ich will gerade nicht zu Paulette. Ich will zu dir und Sema«, sage ich.

»Klar«, sagt Papa und dass sie gerade in den Wald fahren wollten, eine kleine Runde wandern. Er kann auf dem Weg bei Paulette meine Sachen holen. Ich kann mit, ich kann aber auch einfach nach Hause kommen, er bleibt dann da. Falls ich reden will. Ich will gerade nicht reden, ich will nicht nach Hause und auch nicht in den Wald. Mein Wille weiß gerade nicht, was er will.

»Ich komme später«, sage ich.

»Ist gut. Wir sind dann da«, sagt Papa.

Nina packt ihre Reitklamotten, ich verziehe mich in Ninas Garten. Setze mich zur Beruhigung in die Hollywoodschaukel. Schaukele hin und her. Warum hat noch niemand funktionierende Liebesblitzableiter gebaut? Warum kann ich nicht einfach irgendwo eine Großpackung bestellen? Wenn ich schon nicht dazu komme, meinen eigenen weiterzubauen.

Als Nina fertig gepackt hat, gehen wir in den Stall. Ich setze mich an meinen Platz an der Wand. Nina steht bei ihrer Reitlehrerin Sarah und springt auf ein Zeichen auf Brontos Rücken. Sie streckt die Arme aus, macht dies und das, kniet sich, streckt einen Arm vor und das andere Bein, macht eine Fahne, so heißt die Figur, das hab ich mir gemerkt. Ich gucke ihr zu – und so wie sie auf Bronto ihre Kreise zieht, so kreisen Paulette, Michaela und dieser Detlef durch meinen Kopf.

Das Verliebtheitshormon unterscheidet nicht zwischen Mann oder Frau. Man kann sich in jeden verlieben. Es passiert. ZACK – und die Reaktionsketten laufen ab. Das geht so schnell wie ein Blitzeinschlag. Paulette kann doch nichts dafür. Warum verleugnet sie Michaela? Warum macht sie alles kaputt? Sie hat mir lange nichts gesagt, weil sie Angst vor meiner Reaktion hatte, weil sie Angst hatte, mich zu verlieren, hat sie gesagt. Hat sie jetzt etwa Angst, diesen Detlef zu verlieren? Er nervt sie doch eh nur. Verliert sie etwa lieber Michaela? Wenn sie das jetzt kaputtmacht ...

Nina dreht weiter ihre Runden. Ich ziehe mein Notizbuch aus dem Rucksack, blättere durch meine Datensammlung: Informationen über Liebesblitze, die Symptome von Nina und Paulette – und der große Unterschied: die Sprachlosigkeit von Paulette. Sie sagt es auch anderen nicht. Könnte es sein, dass sie Angst hat? Angst vor solchen Sprüchen wie von Leons Eltern? Aber verdammt. Da gibt es wieder jemanden! Was wissen Leons Eltern schon? Was weiß denn dieser Micky Maus-Detlef von Liebesblitzen? Nichts!

Nina hat dann oft genug die Fahne auf Bronto geübt, wir bringen ihn in seine Box und machen uns auf den Heimweg. Unterwegs fängt Nina wieder von ihrem Lieblingsthema an.

»Meinst du, Berki gefällt mein Geschenk? Ich hoffe so, dass es ihm gefällt. Ach, es muss ihm gefallen! Ist ja schließlich mit Liebe gemacht.« Sie ist total aufgeregt. Berki hat in drei Tagen Geburtstag und Nina kann ihren großen Auftritt kaum abwarten.

»Ich muss es noch verpacken. Obendrauf binde ich eine große Schleife, in lila. Und einen Anhänger mache ich natürlich auch noch dran.«

Sie tut so, als würde sie in Hollywood den wichtigsten Filmpreis überreichen. Fehlt nur noch, dass sie sich ein Abendkleid dafür kauft. Zum x-ten Mal erzählt sie mir, wie toll jeder einzelne Monat in ihrem ewigen Kalender aussieht. Im Januar, im Februar, im März, im April, im Mai …

»Nina, es nervt.«

»Was nervt?«

»Du nervst.«

»Was?«

»Immer nur Berki, Berki, Berki. Ich kann es echt nicht mehr hören.« Es ist mir rausgerutscht. Es ist mir rausgerutscht, aber das ist jetzt auch egal. Die Liebesblitze haben sowieso mein ganzes Leben durcheinandergebracht.

»Oh, okay. Na, wenn das so ist.«

Nina dreht sich um und stiefelt davon. Ich höre ihren Schritten nach. Sie klingen nicht nach rotem Teppich.

Achtundzwanzig

In Deutschland werden etwa hundert Menschen im Jahr so schwer vom Blitz getroffen, dass sie ins Krankenhaus müssen. Und vier bis fünf Menschen sterben pro Jahr durch einen Blitzschlag. In einem Artikel habe ich gelesen, dass die späteren Blitzopfer die Gefahr, getroffen zu werden, oft fatal unterschätzt haben. Und wenn sie den Blitzschlag überlebt haben, hatten sie noch lange mit schwerwiegenden Folgen zu kämpfen. Ich war fest davon überzeugt, dass auch die Folgen von Liebesblitzen unterschätzt werden – und habe mit dem Schlimmsten gerechnet.

Ich streife durch die Stadt, vorbei am Eiscafé und am Schuhladen – irgendwann stehe ich vor dem Kaufhaus.

Ich sehe Paulette vor mir, wie sie damals vor dem Nagellackregal stand, Farben ausprobiert hat, immer wieder, bis sie sich nach Lichtjahren für »Rocking Love« entschieden hat. Für »Rocking Love« – und für Michaela. Dann soll sie jetzt auch dazu stehen. Aber die Liebesblindheit vernebelt ihr die Sicht. Und so muss ich als einziger normaler Mensch alles retten, bevor es zu spät ist!

Ich renne durch die Straßen, schnell, so schnell, dass mein Herz pocht, so schnell, dass mir fast schwarz wird vor Augen. Ich renne nach Hause. Zu Paulette. Aber sie ist nicht da. Ich gehe ins Bad. Da steht er. »Rocking Love«. Auf der Ablage liegt Paulettes neuer Lippenstift. Eins, zwei, drei Striche. Ein roter Blitz zieht sich über den Spiegel.

Ich stapfe in Paulettes Zimmer, wühle in ihrem Kleiderschrank, ziehe ein weißes T-Shirt heraus. Es ist lang, das ist gut, aber die Ärmel stören. Die große Papierschere. Ratsch. Ratsch. Weg. Der Halsausschnitt stört. Ratsch. Weg. In meinem Zimmer kippe ich die Bastelschublade auf den Boden. Klebstoff, Schnur, Farbtuben, Pinsel – die dicken Filzstifte! Das abgeschnittene T-Shirt daneben. Es muss gespannt sein. Ich knie mich auf zwei Enden. Und male los. Breite, bunte Blockstreifen, Strich für Strich. Streifen für Streifen, von oben nach unten: Rot, Orange, Gelb ...

Kunst braucht Raum, denke ich zwischendurch.

... Grün, Blau, Violett.

Mir wird warm. Und ich habe kein richtiges Violett. Nur eine Art Dunkelrosa. Ich nehme das Dunkelrosa, drücke es so fest in den Stoff, dass sich die Stiftspitze eindrückt. Nehme einen schwarzen Stift und schreibe »Violett« in den Streifen. Künstlerische Freiheit. An der Tür schneide ich die alte grüne »Queen-Fahne« mit der Krone von der Stange, tackere die neue Regenbogen-Fahne dran, stecke sie in den Halter. Queer statt Queen. Sieht schön aus. Bunt und leuchtend. Das wäre garantiert eine Eins in Kunst, Frau Fabritius könnte stolz auf mich sein.

Paulette müsste aber hier sein. Sie sollte sich das anschauen und endlich dazu stehen. Vielleicht ist sie ja bei Michaela im Café. Vielleicht sagt Michaela ihr schon, dass alles aus ist, dass sich der Blitz gewaltig verirrt hat. Ich renne die Treppe runter, rechts herum, renne und renne – bis ich vor Michaelas Café stehe. Ich wundere mich kurz, dass keine Stühle draußen sind, will zur Tür rein, die komischerweise zu ist, meine Hand liegt schon auf der Klinke, da sehe ich den Zettel an der Tür:

Liebe Gäste, das Café ist leider wegen Krankheit geschlossen.

Wegen Krankheit geschlossen. Der Satz dröhnt in meinem Kopf.

Sema hat gesagt, man kann vor Liebeskummer krank werden. In einer ihrer Zeitschriften stand, dass Elefanten, Hunde, Katzen schon an gebrochenem Herzen gestorben sind. Auch Menschen.

Neunundzwanzig

Ein weiterer Spruch von Sema ist: »Verliebte schweben auf Wolke sieben.« Das klingt ja nett. Und wenn Wolke sieben eine niedliche Schäfchenwolke ist, ist ja auch alles gut. Aber was, wenn sich Wolke sieben zu einer Gewitterwolke auftürmt? Zu einer dicken, dunklen Kumulonimbus. Wenn sie über den Himmel schwebt und so viel Energie sammelt, bis es ordentlich donnert und kracht. Was machen die Verliebten dann auf ihrer Wolke?

Ich sitze auf der kleinen Stufe vor Michaelas Café. Ich weiß nicht, wie lange schon. Ich bin zu spät. Alles aus. Michaela ist krank. Krank vor Liebeskummer. Paulette hat alles kaputtgemacht. Ich gehe zu Papa. Meine neue Fahne hängt bei Paulette.

Als ich die Wohnungstür aufmache, höre ich Papas Stimme. Er spricht mit jemandem. Sema kann es nicht sein. Sie ist auf irgendeinem Seminar und Gregor bei einem Freund. Ich drücke die Tür hinter mir zu – und erkenne in diesem Moment: Es ist Paulette! Sie ist hier. Bei Papa in der Küche. Ich will sie nicht sehen.

»Terri?«

Papa.

Ich gehe drei Schritte vor. Bleibe im Türrahmen zur Küche stehen. Papa guckt mich an – dann auch Paulette.

Unsere Blicke treffen sich. Ihre Augen strahlen nicht. Ich blitze sie an, da kommt nichts zurück. Sie holt kaum hörbar Luft: »Terri …«

»Der Trottel mit der Micky Maus-Krawatte! Vor dem kneifst du, Paulette! Ist nicht wahr, oder!? Wegen dem lässt du Michaela stehen. Eine Bekannte aus dem Sport – du bist so feige …«

»Theresa, es ist etwas kompliziert …«

»… das ist nicht kompliziert, das ist einfach gelogen! Du hast gelogen, Paulette! Michaela ist wegen dir krank. Sie stirbt wegen dir – an gebrochenem Herzen!«

Ich schreie fast. Ich wusste nicht, dass man so viel Energie in sich haben kann.

»Terri, beruhige dich, sie stirbt nicht.« Papa kommt auf mich zu, legt einen Arm auf meinen, ich schüttele ihn ab. Das ist eine Sache zwischen Paulette und mir.

»Warum? Sag mir, warum?«

Paulette gibt Papa ein Zeichen, er verzieht sich ins Arbeitszimmer. Er hat keine Formel für das, was hier passiert.

»Wenn ihr mich braucht …«

Paulette nickt.

Ich stehe noch immer im Türrahmen.

Sie sieht mich an – und redet. Spricht über unsere kleine Stadt, über die Menschen, ich sehe wieder die Szene vor mir, wie sie mit Michaela den Schulflur entlangschreitet, sehe die Blicke der anderen, ahne, was sie meint. Hier ist nicht Hollywood. Ich setze mich jetzt auf den anderen Stuhl. Sie redet von Detlef, von seiner Frau, von der Gesellschaft und dass das auch für sie eine neue Welt ist. Wir können überall auf der Welt zu Hause sein, hat sie immer gesagt. Es klingt auf einmal, als wäre das nicht immer so einfach.

»Und was ist mit Michaela? Wo ist sie?«, frage ich dann.

»Ich weiß es nicht«, sagt Paulette müde.

Wir sitzen noch eine Zeit lang in der Küche. Papa kommt wieder rüber, gießt uns was zu trinken ein, stellt Kekse auf den Tisch. Ich habe keinen Hunger. Ich bleibe heute Nacht hier. Es ist eh alles durcheinander. Auch der Wochenrhythmus.

Am nächsten Tag gehe ich zu Paulette. Papa hat mir gut zugeredet. Als ich die Wohnungstür aufmache, kommt Michaela auf mich zu. Sie bleibt vor mir stehen, schaut mich an. Wo war sie? Was hat sie? Mein Hals wird trocken.

»Terri, schön, dass du da bist.« Sie holt tief Luft, atmet ganz schön lange aus und sagt endlich: »Es ist nichts Schlimmes. Laura ist krank geworden. Sie hätte gestern die Schicht im Café gehabt. Ich musste zu meinen Eltern, das war geplant, ihnen konnte ich nicht einfach absagen. Deswegen ...«
Ihr Herz ist noch ganz.

»Chérie«, Paulette nimmt mich in den Arm. Sie hält mich fest. Drückt meinen Kopf an ihre Schulter.

Mir ist heiß, wegen der Sonne und auch sonst. Michaela stellt drei Gläser auf den Küchentresen, gießt uns was zu trinken ein. Als Paulette mich loslässt, umarmt mich Michaela: »Komm her.«

Ich drücke mich an sie – und fühle mich irgendwie zu Hause.

»Passiert mir selten«, sagt sie dann. »So ein Termin-Kuddelmuddel. Aber das war jetzt eben so.« Sie lacht. Kuddelmuddel hat sie gesagt. Ich muss grinsen. Michaela will dann den Kühlschrank plündern, aber da gibt es nicht viel. Paulette möchte Toni anrufen, aber Michaela protestiert. Wir bestellen dann doch was.

»Ausnahmsweise«, sagt Michaela. »Ich kann ja nicht verantworten, dass Toni jetzt Pleite macht.«

Wir bestellen Nummer 11, die Familien-Pizza.

Abends liege ich im Bett. Ich höre noch Musik und über den Flur die Stimmen von Paulette und Michaela. Irgendwann kommt Michaela in mein Zimmer, sie bewundert noch meine neue Fahne an der Tür und setzt sich dann an mein Bett ... Es ist schön, dass sie da sitzt, einfach so. Ich mache die Musik aus. Michaela lächelt mich an. Ich merke, dass sie etwas sagen will.

»Weißt du, Terri«, fängt sie dann an, »ich habe mir die Entscheidung für Paulette nicht leicht gemacht. Auch ich habe lange gezögert.«

Sie legt eine Hand auf meine Bettdecke.

»Paulette hat sich so viele Gedanken und Sorgen gemacht. Wer wie reagieren könnte – und ihre größte Angst war, dass du dich abwendest, dass sie dich verliert.«

Sie macht eine Pause.

»Hmmmm«, sage ich, damit es irgendwie weitergeht, bevor mein Herz vor lauter Wärme einen Kollaps kriegt.

»Ich kenne all die Gedanken und Sorgen«, sagt sie dann. »Als ich meine erste Freundin hatte, habe ich mir Gedanken um meine Familie, um meine Eltern gemacht. Bei uns im Dorf gab es schon immer viel Gerede. Es war nicht leicht.«

Ich stelle mir Michaela vor, allein in einem kleinen Dorf, mit Sorgen. Es passt gar nicht zu ihr.

»Damals habe ich angefangen zu backen«, sagt sie.

Der Halt bei den Backrezepten! Ich gucke sie an. Sie strahlt jetzt.

»Ich habe mich aber so sehr in deine Mutter verliebt, in diesen tollen Menschen, und als ich dich mit Nina im Café gesehen habe ...«

»Du wusstest gleich, dass ich es bin, oder?«, unterbreche ich sie.

»Von der ersten Sekunde.« Michaela muss lachen. »Und ich war so froh, dass ihr gekommen seid. Weil ich ab dem Zeitpunkt wusste: Wir kriegen das hin!«

Sie drückt mir ihren Zeigefinger kurz auf die Nase.

»Die Liebesblitze haben wirklich verdammt viel Energie«, sage ich.

»Wer hat viel Energie?«

»Die Liebesblitze.« Ich schlage mein Notizbuch auf und zeige Michaela meine Forschungsdaten.

»Bei dir waren die Symptome nicht so auffällig – aber das hat gar nichts zu bedeuten. Weiß ich heute!«

»Was???« Michaela guckt mich mit großen Augen an.

»Hier, Nina und Paulette waren total verpeilt, aber du nicht.«

Sie prustet los. Und erzählt mir noch von dem Streit, den sie mit Paulette hatte, dass es nichts Schlimmes war, dass es für alle noch neu ist, und sagt: »Es gehört auch mal ein Gewitter dazu. Das macht nichts, Terri. Deshalb ist nicht gleich alles aus.« Es klingt so, als wenn auch Erwachsene manchmal einen Mount Everest vor sich haben.

Dreißig

Also – wegrennen ist bei Gewitter keine gute Idee! Das ist sogar gefährlich. Denn wenn man einen Schritt macht, entsteht ein Spannungsunterschied zwischen den Füßen und bei einem Blitzeinschlag in der Nähe fließt zwischen den Füßen dann Strom. Der Ratschlag von Experten klingt komisch, ist aber ernst gemeint: Man soll sich mit Schlusssprüngen, also mit geschlossenen Beinen hüpfend, aus dem Gefahrenbereich bewegen. Für Liebesblitze gibt es so eine Empfehlung nicht, auch Liebesblitzableiter werden nicht empfohlen. Und das hat seinen Grund, wie ich heute weiß ...

Ich habe meine neue Fahne bei Papa an meine Zimmertür gehängt und sitze jetzt bei ihm im Arbeitszimmer im Sessel. Papa liest in seinen Dokumenten, ich suche im Internet Backrezepte und Anleitungen für weitere Marzipanblüten.

»Oh, eine neue Fahne! Ein Regenbogen an der Tür, wie schön!«

Sema kommt zur Tür rein, sie ist von ihrem Seminar zurück. In bunten Pfauensocken läuft sie durch die Wohnung, räumt ihre Sachen auf, richtet Kristalle neu aus, damit der Energiefluss wieder stimmt. Papa erzählt ihr, dass sich auch so wieder alles eingerenkt hat. Nina würde hollywoodmäßig von einem Happy End reden. »Na, dann hat mein Schweigeseminar ja was geholfen.« Sema lacht mich an. Papa zieht die Augenbrauen hoch.

Sie war auf einem Schweigeseminar? Wie soll das jetzt bitte schön …

»Wenn man wenig spricht, klappt der Kontakt mit dem Universum besonders gut«, flüstert Sema mir zu.

Ich verstehe langsam gar nichts mehr. Hat Paulette auch deshalb nichts gesagt, weil sie mit dem Universum in Verbindung stand? Vielleicht gibt mir ja irgendwann auch Padmé Amidala ein Zeichen!

»Jeder Regenbogen ist ein Lächeln des Himmels«, sagt Sema auf einmal sehr ernst und guckt mich an. »Denk immer daran, Terri. Und lass dir nichts anderes erzählen.«

Ich weiß, was sie meint. Papa kommt dann wieder mit einer Formel und vor meinem inneren Auge sehe ich Reaktionsketten ablaufen, die von einer Regenbogenfarbe in die nächste übergehen. Moleküle gehen ganz unterschiedliche Verbindungen ein – wie Menschen eben.

»Ist denn deine Forschung jetzt abgeschlossen?«, fragt Papa auf einmal und lacht mich an.

»Na ja, es gibt da noch ein paar offene Detailfragen«, sage ich und lache zurück. »Aber vielleicht werde ich Forscherin und beantrage Forschungsgelder dafür. Nina hat gesagt, wenn ich die Liebesblitze aufkläre, kriege ich einen Nobelpreis!«

Beim Stichwort Liebesblitze zieht Papa die Augenbrauen hoch.

»Mit dieser Liebesblitzgeschichte kann dich Nina eher für einen Preis in Hollywood vorschlagen.«

Wie hat er das mit Hollywood mitgekriegt, frage ich mich. Und dann schießt mir durch den Kopf, dass ich gar nicht weiß, wie es um Hollywood und Berki steht. Zwischen Nina und mir herrscht großes Schweigen. Aber wenn es nach Sema geht, klappt der Kontakt mit dem Universum dann ja besonders gut. Wer weiß, was da gerade eingefädelt wird …

Auf dem Weg in mein Zimmer fällt mir mein Blitzableiter ein. Er liegt noch immer halb fertig im Schrank – WUUUSCH – ein Geräusch reißt mich aus meinen Gedanken. Gregor landet vor meinen Füßen. Er kann es immer noch nicht lassen, springt an meiner neuen Fahne hoch. »Gregor!«, zische ich.

Er zieht beleidigt ab, dreht sich aber noch mal um, guckt Richtung Fahne und sagt: »Die ist viel schöner.«

Am nächsten Tag bin ich mit Papa im Schwimmbad verabredet. Ich gehe gerade den Sprungturm hoch, da kommt Papa an den Beckenrand und winkt. Ich halte auf der Höhe des Dreimeterbretts, winke zurück, atme einmal tief ein und aus, gehe weiter zum Fünfmeterbrett. Oben angekommen gucke ich in den Himmel, am Horizont sind ein paar Wolken, ich schaue zum Wasser, es ist ganz schön weit weg, atme noch einmal tief ein und aus – und springe.

Falle, Luft saust am Körper vorbei. Es kribbelt am ganzen Körper. Rote, blaue Farbsplitter und das glitzernde Wasser mischen sich vor meinen Augen zu einer schönen, bunten Mischung. Die Wasseroberfläche kommt auf mich zu, ich jauchze kurz auf, tauche ein, schließe die Augen und lasse mich treiben.

Als ich auftauche, wird der Himmel schwarz. Es geht rasend schnell. Es wird auf einmal stockdunkel. Der Wind bläst, die Bäume wackeln hin und her und biegen sich in der Luft. Die Wolken werden dicker und ziehen immer schneller Richtung Freibad. Alle klemmen sich ihre Handtücher unter den Arm und rennen zur Umkleidekabine. Ich hab das ganze Becken für mich alleine, es ist total leer, ich tauche noch einmal kurz ab, ziehe unter Wasser Kreise, tauche auf, lege mich auf den Rücken und gucke in den dunklen Himmel und muss grinsen: Das sieht nach einem richtigen Mistwetter aus! Plötzlich winkt Papa wie wild vom Beckenrand: »Los, komm raus, Terri! Es kommt ein Gewitter. Das ist gefährlich!«

Ich gucke nach oben, schwimme schnell an den Rand und renne mit ihm zum Umkleidehäuschen. Echte Blitze sind wirklich lebensgefährlich. Da machen Blitzableiter total Sinn. Liebesblitze dagegen bringen zwar viel durcheinander, aber man überlebt sie.

Einunddreißig

In den Horoskopen von Sema und in Wetter-Sprüchen steht oft etwas von einem reinigenden Gewitter. Ich fand das immer blöd. Denn wie soll ein Gewitter etwas reinigen? Aber irgendwie stimmt es doch. Denn nach den ganzen Blitzen, den dunklen Wolken und dem Donner war der Himmel wieder frei und meine Sicht besser als je zuvor. Familien können auch ganz anders sein. In Büchern – und in echt.

Ein paar Tage später stehen Paulette, Michaela und ich in der Küche und kochen. Wir machen mehrere Bleche Pizza, Salat und einen Nachtisch. Paulette dürfen wir nicht gleich mit einem großen Menü überfordern. Michaela ist die Chefköchin, ich die zweite Köchin und Paulette darf Schnippel-Dienst machen, sie ist so etwas wie die Auszubildende und soll Käse reiben, Paprika und Champignons in Streifen schneiden …

»Paulette«, ruft Michaela ungläubig, »man kann Paprika auch in mehr als drei Teile schneiden! Da muss die

Auszubildende aber noch mal ran. Das akzeptiert die Küche so nicht. Oder, Terri!?« Sie hält mir eine Paprika-Hälfte vor die Nase.

»Geht gar nicht!«, sage ich und lege Paulette die Hälfte wieder aufs Schneidebrett.

Sie macht große Augen, verzieht den Mund und sagt: »Ich habe die strengsten Küchen-Chefinnen der Welt. Sie sind so unbarmherzig. Aber was will man machen, es sind einfach die Besten.«

Michaela und ich gucken uns zustimmend an. Wir rühren und mischen und kochen und lachen. Für den Nachtisch bin ich alleine zuständig, Michaela hat mich noch zur Patisseurin ernannt. Ich habe Muffins gebacken und ein neues Rezept ausprobiert. Ich überrasche alle mit einer Torte mit selbst gemachten bunten Marzipan-Blüten, die leicht glitzern. Nina würde sagen, das hat Glamour!

Als in der Küche nicht mehr viel zu tun ist, decke ich den großen Tisch. Es klingelt, Papa, Sema und Gregor kommen. Es gibt ein großes »Hallo« und alle setzen sich an ihre Plätze. Michaela und ich bringen die Pizza-Bleche und alle essen und reden und essen und reden. Sema lacht mich zwischendurch an, streicht sich über den Bauch. Sie muss nichts sagen. Ich weiß, was sie meint. Plötzlich klingelt es noch einmal.

»Hast du etwa auch Toni eingeladen?«, fragt mich Paulette lachend. Ich zucke mit den Schultern. Ich hab echt keine Ahnung, wer das sein könnte, drücke auf den Türöffner, gehe an die Wohnungstür. Nina ist schon oben. Aufgelöst, schluchzend steht sie vor mir. Ihr Bauch unter dem Pulli bebt. Berki, schießt es mir sofort durch den Kopf. Ich ziehe Nina zur Tür rein und unter Tränen erzählt sie, dass sie Berki nach ihrer Voltigierstunde in der Stadt gesehen hat.

»Mit Jule. Hand in Hand.« Sie schluchzt laut auf.

Die Liebesblitze. Können die nicht einmal Ruhe geben. Sie sind wirklich unberechenbar.

»Komm mit.« Ich schiebe Nina durch den Flur.

»Wir haben mit Michaela gekocht.«

Michaela kommt uns schon entgegen. Sie gibt Nina ein Taschentuch und stellt noch einen Teller auf den Tisch.

Ich rutsche mit meinem Stuhl an Ninas Seite, lege meine Hand kurz auf ihre. Sie hat einen neuen Glitzerlack auf den Nägeln. Die anderen unterhalten sich weiter, selbst Papa will mal nicht die Welt erklären und auch Paulette macht kein Drama. Michaela verteilt Pizza-Stücke und gibt Nina ein extra großes

Stück. Wir essen, reden, lachen – bis es Zeit wird für den Nachtisch. Ich nehme Nina mit in die Küche, die letzten Verzierungen müssen noch an die Torte, mit Zuckerguss kleben wir die bunten Blumen dran – und dann: Ah und Oh!!! Alle klatschen, als wenn wir eine Showtreppe runterlaufen. Ninas Augen leuchten wieder. Meine Blicke suchen Michaela, sie sitzt neben Mama und zwinkert mir zu. Mama strahlt mich an.

Später liege ich mit Nina in meinem Bett. Sie schläft heute hier. Wir liegen da und reden. Über Berki, über Paulette und Michaela und Dirk und Sema. Wir reden über Schuhe, Glitzernagellack und Muffins, über Pferde, Außerirdische, Aszendenten und den Draht zum Universum. Auf einmal blitzt es. Nina zuckt kurz zusammen und ich erzähle ihr etwas über Gewitter. Dass es bei einem Gewitter manchmal so laut und durcheinander ist, dass man sich am liebsten nur noch die Ohren zuhalten und den Kopf einziehen will. Dass man nur warten will, bis es weitergezogen ist. Dass es heftige Kugelblitze, Linienblitze, Flächenblitze und Gammablitze gibt. Aber egal welcher wo einschlägt, nach einem Gewitter gibt es meist einen wunderschönen Regenbogen.

»Wie auf meiner neuen Fahne«, sage ich.

»Und wo ist die?«, fragt Nina.

Ich gucke sie verdutzt an. Wo soll sie schon sein: »Wie immer: an der Tür zum TerriTorium.«

»Nee«, sagt Nina.

Ich stehe auf, um sie aus dem Halter zu holen und Nina meine neue Fahne zu zeigen, aber sie steckt tatsächlich nicht drin. Zum ersten Mal habe ich sie nicht an die Tür gesteckt. Ich stehe einen Moment neben dem leeren Fahnenhalter, krieche dann wieder ins Bett und gucke an die Decke.

»Ich könnte sie Pepe schenken«, sage ich leise.

»Wer ist Pepe?«, fragt Nina.

»Er wohnt direkt um die Ecke in der Parallelstraße«, sage ich. »Er hat mir letztens dabei geholfen, mein Fahrrad aufzupumpen.«

»Oh, nett.«

»Ja, und er kann supergut Trickfahrrad fahren.«

»Trickfahrrad, wusste gar nicht, dass dich das interessiert«, sagt Nina und klingt auf einmal sehr wach.

»Und wenn er lacht, dann hat er so Grübchen.«

»Aha. Grübchen.«

»Auf seinem Fahrradrahmen ist ein orangefarbener Blitz«, murmele ich.

Nina richtet sich wie ein Pfeil im Bett auf und guckt mich an. »Theresa Emmanuelle Rosa! Du bist doch nicht etwa verliebt?«

»Spinnst du!!!«, rufe ich und werfe Nina ein Kissen ins Gesicht.

»Rocking Love‹!«, ruft sie und schleudert es zurück.

Wir müssen beide lachen.

ENDE

Christine Werner arbeitet seit 25 Jahren als freie Autorin und Journalistin für den ARD-Hörfunk, schreibt und produziert überwiegend Reportagen, vor allem zu gesellschaftspolitischen und sozialen Themen. Dafür ist sie viel unterwegs. Sie übernachtet dann am liebsten bei Freunden, lebt auf Zeit in anderen Familien und lässt sich davon inspirieren. Wenn sie nicht unterwegs ist, lebt sie in Köln. »Blitzeinschlag im TerriTorium« ist ihr Jugendbuchdebüt.

Lena Hach
224 Seiten
€ 17,00 (D) / € 17,50 (A)
ISBN 978-3-95854-108-5

Berlin, mitten in Kreuzberg: Lotte, neu in der Stadt, ausgesprochen tollpatschig, herrlich selbstironisch, normal begabt und total verknallt. In Vincent von Grüne Gurken. Oder so ähnlich. Auf jeden Fall in den Typen, der immer montags im Kiosk gegenüber auftaucht und genau zehn Grüne Gurken kauft.

Eine Geschichte über das, was wirklich wichtig ist: die richtige Stadt, der richtige Typ und die richtige Sorte Weingummis.

Mit 20 lustigen Info-Grafiken der Künstlerin Katja Berlin